TROMBINOSCOPE DU LYCÉE YUEI

FILIÈRE SUPER-HÉROÏQUE : CLASSE DE SECONDE A

TENYA IIDA

DATE DE NAISSANCE : 22/08
ALTER : ENGINE

SHOTO TODOROKI

DATE DE NAISSANCE : 11/01
ALTER : GLACE ET FEU

KATSUKI BAKUGO

DATE DE NAISSANCE : 20/04
ALTER : EXPLOSION

IZUKU MIDORIYA

DATE DE NAISSANCE : 15/07
ALTER : ONE FOR ALL

MOMO YAOYOROZU

DATE DE NAISSANCE : 23/09
ALTER : CRÉATION

OCHACO URARAKA

DATE DE NAISSANCE : 27/12
ALTER : GRAVITÉ ZÉRO

MINORU MINETA

DATE DE NAISSANCE : 08/10
ALTER : BOING BOING

FUMIKAGE TOKOYAMI

DATE DE NAISSANCE : 30/10
ALTER : DARK SHADOW

MASHIRAO OJIRO

DATE DE NAISSANCE : 28/05
ALTER : TAIL

MINA ASHIDO

DATE DE NAISSANCE : 15/07
ALTER : ACIDE

YUGA AOYAMA

DATE DE NAISSANCE : 30/05
ALTER : NOMBRILASER

TSUYU ASUI

DATE DE NAISSANCE : 12/02
ALTER : GRENOUILLE

RIKIDO SATO

DATE DE NAISSANCE : 19/06
ALTER : SUGAR DOPE

KOJI KODA

DATE DE NAISSANCE : 01/02
ALTER : VOIX DU VIVANT

EIJIRO KIRISHIMA

DATE DE NAISSANCE : 16/10
ALTER : DURCISSEMENT

DENKI KAMINARI

DATE DE NAISSANCE : 29/06
ALTER : ÉLECTRICITÉ

PERSONNAGES

TORU HAGAKURE

DATE DE NAISSANCE : 16/06
ALTER : INVISIBILITÉ

HANTA SERO

DATE DE NAISSANCE : 28/07
ALTER : RUBAN ADHÉSIF

KYOKA JIRO

DATE DE NAISSANCE : 01/08
ALTER : EARPHONE JACK

MEZO SHOJI

DATE DE NAISSANCE : 25/02
ALTER : BRAS CLONEURS

FILIÈRE SUPER-HÉROÏQUE : ÉQUIPE ÉDUCATIVE

CEMENTOS

DATE DE NAISSANCE : 22/03
ALTER : CIMENT

NUMÉRO 13

DATE DE NAISSANCE : 09/02
ALTER : TROU NOIR

SHOTA AIZAWA

DATE DE NAISSANCE : 08/11
ALTER : EFFACEMENT

ALL MIGHT

DATE DE NAISSANCE : 10/06
ALTER : ONE FOR ALL

NEZU

DATE DE NAISSANCE : 01/01
ALTER : HAUTE PERF

PRESENT MIC

DATE DE NAISSANCE : 07/07
ALTER : VOICE

ECTOPLASM

DATE DE NAISSANCE : 23/03
ALTER : CLONES

MIDNIGHT

DATE DE NAISSANCE : 04/03
ALTER : PARFUM SOPORIFIQUE

DANS UN MONDE OÙ 80 % DE LA POPULATION POSSÈDE UN SUPER-POUVOIR APPELÉ ALTER, LES HÉROS FONT PARTIE DE LA VIE QUOTIDIENNE. ET LES SUPER-VILAINS AUSSI ! FACE À EUX SE DRESSE ALL MIGHT, LE PLUS PUISSANT DES HÉROS ! LE JEUNE IZUKU MIDORIYA EN EST UN FAN ABSOLU. IL N'A QU'UN RÊVE : ENTRER À LA HERO ACADEMIA POUR SUIVRE LES TRACES DE SON IDOLE. LE PROBLÈME, C'EST QU'IL FAIT PARTIE DES 20 % QUI N'ONT AUCUN POUVOIR…
SON DESTIN EST BOULEVERSÉ LE JOUR OÙ SA ROUTE CROISE CELLE D'ALL MIGHT EN PERSONNE ! CE DERNIER LUI OFFRE UNE CHANCE INESPÉRÉE DE VOIR SON RÊVE SE RÉALISER. POUR IZUKU, LE PARCOURS DU COMBATTANT NE FAIT QUE COMMENCER !

SOMMAIRE

Chap.	Titre	Page
Chap. 1	Prologue	005
Chap. 2	La feuille d'information	009
Chap. 3	La salle des profs est « on fire » !	059
Chap. 4	Panique au parc d'attractions	105
Chap. 5	Les trois Grâces	179
Chap. 6	Journée portes ouvertes !	221
Chap. 7	Épilogue	279

Prologue

Tout bascula en un instant.

Le super-vilain masqué et drapé de noir laissa tomber un brandon dans la fosse. D'immenses flammes en jaillirent et s'étirèrent vers le ciel comme si les portes de l'enfer s'étaient soudain entrouvertes.

La chaleur était insoutenable.

Menacés par le courant d'air brûlant généré par l'incendie, les seconde A eurent un mouvement de recul, mais leur attention restait braquée sur une cage dressée au centre du cercle de feu, d'où s'élevait une clameur de détresse. Ils ne pouvaient qu'assister à la scène, impuissants.

Les prisonniers n'étaient autres que leurs parents.

Dans les yeux de ces enfants brillait d'ordinaire l'ambition de devenir de grands héros, mais à cet instant, seul le désarroi se reflétait dans leurs regards troublés.

Attisées par le vent, les flammes redoublèrent de violence.

La mère d'Izuku passa les bras entre les barreaux de la cage et appela son fils à l'aide :

— Izuku !

— Maman ! répondit-il en tendant à son tour la main par réflexe.

Leurs doigts ne pouvaient pas se toucher. Trop d'obstacles les séparaient : un brasier qui s'étendait sur plusieurs dizaines de mètres, de solides barreaux en acier… et un super-vilain.

Comment une telle catastrophe avait-elle pu se produire ?

Tout avait commencé deux semaines plus tôt…

Chap. 2
La feuille d'information

Les élèves, qui avaient terminé leur stage sur le terrain, s'apprêtaient à passer les examens de fin de trimestre. C'était un jour paisible et ensoleillé annonçant l'été.

Au beau milieu d'un décor de ville en ruine, une voix étonnamment nonchalante se fit entendre :

— Suivant : Izuku !

M. Aizawa, le professeur principal de la seconde A, se tenait debout, au pied d'un bâtiment. En partie dissimulés par une frange ébouriffée, ses yeux vides et usés par la vie se levaient vers le deuxième étage où se trouvaient ses élèves. L'édifice était en si mauvais état qu'il semblait prêt à s'effondrer à tout moment.

— Oui, monsieur ! répondit celui qui avait été appelé.

Il s'agissait d'un garçon au visage d'enfant constellé de taches de rousseur. Cette caractéristique mise à part, il ne présentait rien de particulier : au premier abord, on aurait dit un adolescent des plus ordinaires.

La tension se lisait sur ses traits.

— Vas-y, Deku, on est avec toi ! lui lança, enjouée, Ochaco Uraraka.

Elle attendait son tour avec les autres filles, rassemblées derrière le groupe des garçons. Son sourire radieux enflamma les joues d'Izuku qui vira au rouge.

— Merci ! cria-t-il, avant de s'élancer dans un tube de toile renforcée qui reliait le deuxième étage au niveau de la rue.

Le tube ploya sous son poids. Ce toboggan vertical, sorte de grande chaussette déroulante, constituait en réalité un système de sauvetage permettant d'évacuer les occupants d'un immeuble.

Malgré les apparences, le petit groupe n'était pas rassemblé au sein du lycée Yuei pour s'amuser, mais pour assister au cours de super-héros 101 – matière de la filière super-héroïque.

L'immense terrain de l'institution comptait de nombreux équipements de grande envergure. Des stades d'une capacité de plusieurs dizaines de milliers de places, mais aussi une aire d'entraînement où étaient reproduits des désastres en tout genre : le Simulateur de Catastrophes et Accidents, ou SCA. Le souvenir du combat contre l'Alliance des supervilains, ici même, était d'ailleurs encore frais dans l'esprit de chacun.

Quoi qu'il en soit, cette ville en ruine faisait partie intégrante des équipements pédagogiques de l'académie.

L'apparition des alters semblait ancienne, pourtant elle appartenait à un passé récent.

Lorsque ce phénomène se manifesta pour la première fois, on cria au miracle, mais l'humanité se transforma peu à peu jusqu'à ce que les aptitudes hors du commun concernent près de 80 % de la population. Le surnaturel était devenu la norme.

Au moment où les individus munis d'alters se multipliaient, la criminalité explosa, plongeant la société dans la confusion et le chaos.

Des citoyens courageux décidèrent alors de lutter pour la justice, et les super-héros firent ainsi leur apparition. Ils sauvaient les faibles et châtiaient ceux qui abusaient de leur pouvoir : c'était l'avènement de la profession dont tous les enfants avaient un jour rêvé.

Sous la pression de l'opinion publique, les superhéros obtinrent le statut de fonctionnaire. L'État leur versait un salaire qui dépendait de leurs faits d'armes. Ils étaient adulés par la population.

Mais le métier n'était pas à la portée de tous. Aussi, afin de préserver la sécurité, les citoyens lambda se virent interdits d'utiliser leur alter dans les lieux publics.

Pour être accrédité et recruté, il fallait prouver sa maîtrise de certaines compétences, puis passer un examen national afin d'être autorisé à user de son alter dans le cadre de la protection de l'ordre public. Pour préparer cette épreuve, le candidat devait suivre une formation de la filière super-héroïque.

Bien sûr, le fait de suivre cette formation ne garantissait pas l'obtention du statut. Les chances étaient minces et la sélection féroce. De tous les lycées qui proposaient une telle filière, celui de Yuei était le plus coté. C'est aussi là qu'on trouvait la compétition la plus acharnée.

Izuku détonnait parmi la population car il n'avait pas développé d'alter. Or, il était impensable de devenir un super-héros sans posséder de super-pouvoir. L'alter se manifestait généralement chez l'enfant avant son quatrième anniversaire. Passé cet événement, Izuku dut se rendre à l'évidence. Lui qui admirait tant les super-héros, lui qui, dès son plus jeune âge, caressait le rêve d'égaler un jour All Might, le plus grand de tous, il lui fallait accepter l'amère sentence : il ne serait jamais l'un des leurs.

Pourtant, il ne baissa pas les bras. Son entourage avait beau lui rire au nez, le regarder de haut, lui marteler que c'était impossible, il ne put jamais se résoudre à abandonner son rêve.

Personne n'aurait pu douter de la motivation et de la détermination d'Izuku. Lorsque, par un concours de circonstances inespéré, le jeune garçon rencontra All Might, celui-ci sut lire en lui le potentiel enfoui dans sa nature profonde. Sous la férule de ce nouveau mentor, Izuku s'entraîna corps et âme, mettant sa santé en péril par des efforts colossaux pour se montrer digne du maître.

À l'issue de l'initiation, son idole lui offrit son alter, le « One for All » : une faculté qui présentait la particularité d'être transmise de héros à héros dans le plus grand secret.

Durant les premières semaines, Izuku se blessait sans cesse, incapable de contrôler la force qui lui permettait de déployer son alter. Mais grâce à sa volonté de fer et aux conseils de Gran Torino, lui-même mentor d'All Might, il parvint peu à peu à maîtriser son pouvoir.

UA

— Holà ! laissa échapper Izuku en sortant du tube.

Après un instant de chute libre, il avait réussi à se rétablir in extremis et à atterrir en toute sécurité.

— Bien, c'est donc terminé pour les garçons, constata M. Aizawa. Au tour des filles maintenant. Momo !

— J'y vais ! répondit la déléguée adjointe avant de s'engouffrer dans le tube.

— Quelle barbe... soupira Minoru Mineta à l'arrivée de la jeune fille.

Minoru était un garçon de petite taille dont les cheveux formaient de grosses boules semblables à une énorme grappe de raisins.

— Qu'est-ce qui t'arrive ? s'enquit Izuku.

Son camarade soupira de nouveau :

— Mais enfin ! Qui dit jeune fille qui glisse sur un toboggan, dit jupe qui se soulève ! Alors, pourquoi portent-elles un jogging ?! J'avais beau le savoir, c'est quand même frustrant ! Aucun charme, aucun érotisme dans tout ça ! Nous sommes maudits.

— De ta part, ce genre de remarque ne m'étonne même pas ! lança Tsuyu Asui, la jeune fille à tête de grenouille qui venait d'apparaître à la suite de Momo.

Tenya Iida approuva.

— Elle a raison ! Si les jupes se soulevaient à chaque fois, à quoi ressemblerait ce cours ? Il est tout à fait logique d'effectuer cet entraînement avec des vêtements de sport afin de garantir une meilleure fluidité de mouvement. Quoique, attendez… Si on se place en situation réelle, s'il s'agissait réellement d'une évacuation, de nombreuses femmes seraient en jupe ! Je comprends mieux ta position : les filles en jupe, c'est par souci de réalisme !

— À mon avis, ce n'est pas ce qu'il avait en tête… dit Izuku à un Tenya quelque peu perturbé d'être pour une fois tombé d'accord avec Minoru.

En effet, le délégué était un élève très sérieux, d'une rigueur implacable. À leur première rencontre, lors de l'examen d'entrée, Izuku l'avait trouvé intimidant, mais ils étaient depuis devenus d'excellents amis.

— Ravale ton sourire, sale nerd ! lança une voix hargneuse à Izuku. Tu me dégoûtes !

— Katchan…

Celui qui le transperçait de son regard noir n'était autre que Katsuki Bakugo, qu'Izuku connaissait depuis l'enfance.

Toujours de mauvaise humeur, il ne se lassait jamais de lui jeter des piques acerbes. Ces dernières se faisaient toutefois bien plus rares qu'au collège – c'était en tout cas le point de vue de Katsuki.

— Quel intérêt, cet exercice de sauvetage ? grommela-t-il. Trop la flemme !

Tenya le reprit :

— On se destine tout de même à devenir des super-héros ! Sauver des vies humaines est par conséquent notre priorité absolue. La connaissance approfondie de ces outils ainsi que ce cours sont essentiels !

— Qu'est-ce que ça peut me faire puisque c'est pas mon truc ? rétorqua Katsuki. Les autres n'auront qu'à gérer ces détails pendant que je défoncerai le super-vilain !

— C'est avec cette attitude que tu penses devenir un super-héros ?

Entre Katsuki, le garçon à l'ego surdimensionné, et Tenya qui, plus que tout, ne supportait pas l'injustice, le désaccord n'avait rien de surprenant. Le premier, menaçant, s'approchait du délégué. Izuku s'interposa :

— Calmez-vous !

— Cela dit, on n'est pas tous doués pour les mêmes choses, murmura un élève près d'Izuku. (Une trace de brûlure barrait son visage flegmatique. C'était Shoto Todoroki.) Moi, par exemple, j'ai du mal à imaginer Katsuki en train de sauver des vies !

Le concerné s'emporta :

— Répète un peu ça, enfoiré !

Denki Kaminari en rajouta une couche :

— C'est clair ! Il serait plutôt du genre à blesser des civils !

— C'est toi que je vais blesser ! hurla Katsuki en amorçant une déflagration dans le creux de sa main.

Tel était l'alter du jeune homme : les glandes sudoripares de ses paumes produisaient une substance explosive proche de la nitroglycérine.

Les filles continuaient à sortir les unes après les autres du tube en toile. Toutes affichaient un air dépité en découvrant cette dispute à leur atterrissage.

Certains garçons s'agitaient dans tous les sens pour tenter d'empêcher la bagarre, d'autres, excédés, semblaient tout simplement résignés.

Alors que la tournure des événements n'augurait rien de bon, une voix faible et creuse mais tout à fait distincte s'éleva.

— Bande d'imbéciles… avez-vous conscience d'être en plein cours ?

C'était M. Aizawa. Les élèves de la seconde A corrigèrent immédiatement leur posture et se rangèrent au garde-à-vous devant leur professeur principal. Ils avaient appris par expérience combien celui-ci était terrifiant, notamment à cause de son obsession pour la rationalisation.

Shota Aizawa écarquilla légèrement les yeux. Ternes l'instant précédent, ils prirent soudain une teinte écarlate.

Avec son super-pouvoir, le professeur pouvait neutraliser les alters de ceux qu'il fixait, l'effet se dissipant lorsqu'il cillait ; c'était ce qui lui avait valu son surnom : Eraser Head, le héros effaceur. Malgré sa puissance, il était toutefois très peu connu du grand public, car il détestait s'exposer devant les médias qu'il considérait comme un obstacle à son travail.

Les élèves, obéissants, avaient recouvré leur calme. Le regard de M. Aizawa s'éteignit et il balaya l'assemblée de ses habituels yeux mornes :

— « On n'est pas tous doués pour les mêmes choses. » C'est ce que vous disiez tout à l'heure, n'est-ce pas ? Eh bien, en situation réelle l'excuse serait inacceptable, enfoncez-vous ça dans le crâne ! Les super-héros doivent être capables d'exécuter les tâches les plus ordinaires. Il leur incombe de diriger l'évacuation des civils en cas de retard des secours ou de la police.

— Est-ce que ça ne serait pas plus efficace de sauver directement les personnes menacées ? demanda Toru Hagakure.

La manche de son sweat se dressait dans les airs, indiquant que la jeune fille avait levé la main. Elle détenait un alter d'invisibilité, et son jogging semblait comme suspendu dans le vide.

— M. Aizawa nous situe probablement dans le cadre d'une foule trop nombreuse qui nous contraindrait à superviser le sauvetage, expliqua Momo.

Le professeur acquiesça avec un faible hochement de tête.

— Exactement. Si vous n'avez qu'une ou deux personnes à secourir, la tâche sera plutôt aisée, mais s'il s'agit d'une foule, vous ne pourrez pas vous passer de ces équipements. Vous vous imaginez en situation, incapables de les utiliser ? De quoi auriez-vous l'air ? Ainsi, la maîtrise de toute cette panoplie d'instruments de sauvetage fait partie de votre programme scolaire. Est-ce clair, Katsuki ?

— Oui, m'sieur, grommela l'élève.

C'était le maximum qu'il pouvait concéder compte tenu de son mauvais caractère. Izuku, lui, paraissait avoir reçu une révélation. Il marmonnait :

— Attendez une minute... Et si on combinait ces équipements avec les alters des uns et des autres pour secourir le plus de personnes possible ? Par exemple, l'alter d'Ochaco qui permet de faire flotter les objets, ou le « Ruban adhésif » de Hanta... Même les balles collantes de Minoru pourraient être utiles ! Ça marcherait aussi pour les héros professionnels... Les variations sont infinies !

Depuis sa plus tendre enfance, Izuku rêvait d'être un super-héros, il menait ainsi ses propres recherches sur la question, à tel point qu'il était devenu une véritable encyclopédie vivante des alters. Lorsqu'il se perdait dans ses réflexions, il murmurait à toute allure entre ses dents.

Cette étrange habitude avait tout d'abord gêné son entourage, mais à présent, ses camarades considéraient Izuku et sa manie avec bienveillance – à l'exception manifeste de Katsuki.

— Bien ! Et maintenant…

Un bruit assourdissant venu du ciel coupa M. Aizawa. Les élèves, surpris, levèrent le nez : un hélicoptère entamait une descente en piqué.

Une silhouette masculine massive surgit de l'engin et se déploya dans les airs. Impressionnante, elle semblait envahir le ciel.

— La cavalerie est là !

— All Might ?!

Il atterrit dans un terrible fracas. C'était bien lui, le numéro un des super-héros.

Ses muscles étaient si gonflés qu'ils semblaient prêts à exploser. Sa frange relevée était séparée en deux mèches qui formaient le V de la victoire, et dont les extrémités flottaient fièrement au vent.

All Might afficha un large sourire aux dents immaculées.

— Je vous prie de me pardonner pour ce retard ! Mais, voyez-vous, j'ai dû capturer quelques vilains sur la route…

— Vous pouvez en effet vous excuser ! maugréa M. Aizawa, blasé. C'est vous qui étiez en charge de ce cours !

Izuku, les yeux brillants, accueillit l'arrivée de son héros.

— On parle déjà de votre exploit sur la Toile… J'ai tout lu pendant la pause-déjeuner ! Vous avez capturé des braqueurs de banque, c'est ça ?

— Ils n'ont donc pas encore publié l'affaire de la barricade…

— Vous êtes vraiment incroyable !

Izuku s'exprimait sans retenue. Parmi les nombreux super-héros dont il admirait les hauts faits, All Might avait décidément une place à part. Son pouvoir écrasant avait fait de sa simple existence une arme de dissuasion inégalée. Sa réputation et ses prouesses avaient forgé une légende vivante, à tel point que la population le surnommait le « symbole de la paix ».

La transmission du One for All à Izuku ainsi que le lien de maître à disciple qui les unissait constituaient l'un des secrets jalousement gardés par All Might. Par ailleurs, une autre facette du héros n'avait jamais été rendue publique : l'homme aux muscles hypertrophiés était devenu un être rabougri et décharné suite à une terrible blessure. Sa transformation en super-héros, qui lui permettait de continuer à exercer sa profession, était dorénavant limitée dans le temps.

— Merci pour tes compliments, mon garçon ! Passons maintenant aux choses sérieuses. On ne va tout de même pas faire attendre l'hélicoptère…

— Il n'a pas seulement servi à vous transporter ici ?

— Bien sûr que non ! Normalement, il ne sort qu'en cas d'urgence, je ne l'aurais jamais utilisé dans le seul but de faire mon entrée ! Allons, jeunes gens ! On va commencer l'entraînement « opération de sauvetage en hélicoptère » ! Are you ready ?

— Un exercice digne de la filière super-héroïque… murmura Izuku, grisé par l'admiration.

Cette filière constituait clairement la voie royale pour compter parmi l'élite.

Après une séance de sauvetage par hélicoptère en milieu montagneux et enneigé, puis au bord de l'eau, les élèves étaient retournés dans leur salle de cours.

Minoru rêvait :

— Si un jour je me noie, je voudrais qu'une fille me fasse du bouche-à-bouche… Ce serait une étreinte du tonnerre, à couper le souffle !

— N'importe quoi ! répliqua Denki. Ça finirait de t'achever !

Assis aux côtés des deux garçons, Fumikage Tokoyami chuchota :

— Quel obsédé…

L'alter de cet élève au visage d'oiseau se dénommait « Dark Shadow » : le jeune homme hébergeait en lui une créature d'ombre capable de se rendre tangible et de changer de taille à volonté.

Sur ces belles paroles, M. Aizawa pénétra dans la salle. Dès que les élèves l'aperçurent, ils reprirent leur place et se tinrent droits comme des I.

— Bonjour à tous. Allons à l'essentiel : la journée portes ouvertes aura lieu dans deux semaines.

— La journée portes ouvertes ? répétèrent çà et là des voix d'élèves étonnés.

— Je n'imaginais pas la filière super-héroïque proposer ce genre de manifestations, commenta Eijiro Kirishima, un garçon coiffé comme un cactus qui vouait un culte à la virilité.

Son alter de durcissement lui permettait de rendre à volonté tout ou partie de son corps solide comme la pierre.

À l'annonce de M. Aizawa, un brouhaha s'était répandu dans toute la classe. Le professeur distribua les feuilles d'information sur la journée portes ouvertes aux élèves du premier rang et leur ordonna de faire passer les copies à l'arrière.

— Vous remettrez cette annonce à vos parents ou tuteurs légaux, sans faute, ajouta-t-il. Et maintenant, passons aux préparatifs de cette journée : vous rédigerez une lettre de remerciements à l'attention de ceux qui s'occupent de vous. N'oubliez pas, c'est obligatoire !

À ces mots, le silence se fit. L'instant suivant, des éclats de rire fusèrent dans toute la pièce.

— C'est une blague ? On n'est plus à l'école primaire ! s'exclama Denki, qui n'avait pas peur de jouer les insolents en clamant haut et fort ce que le reste de la classe pensait.

M. Aizawa le coupa :

— Est-ce que j'ai l'air d'un petit plaisantin ?

Une menace silencieuse semblait émaner du professeur, et les élèves redevinrent aussitôt silencieux.

— Lors de la journée portes ouvertes, vous lirez à haute voix, et devant toute la classe, cette fameuse lettre de remerciements.

Assimilant peu à peu la réalité de la consigne, les élèves ne cachèrent pas leur perplexité.

— Non… c'est sérieux ?

— Trop la honte…

Tenya tenta de mettre un terme à la cacophonie. Il se redressa d'un mouvement énergique :

— Taisez-vous, les amis ! Silence !

Il agitait ses bras dans tous les sens.

— Mais c'est toi qui parles le plus fort ! lui fit remarquer Tsuyu.

— Mince, tu as raison ! Désolé ! Cela dit, monsieur Aizawa, je comprends le remous suscité par votre déclaration. La journée portes ouvertes est l'occasion d'offrir aux parents d'élèves la possibilité d'assister à notre travail quotidien. Je ne suis pas convaincu de l'utilité de cette lecture à voix haute, ni de la lettre de remerciements. L'essentiel ne serait-il pas plutôt de présenter un cours qui reflète parfaitement la filière super-héroïque ?

Sous le coup de l'émotion, Tenya peinait à respirer.

— C'est précisément parce que vous êtes en filière super-héroïque que je vous demande ça ! répondit l'enseignant.

— Comment ça ?

M. Aizawa balaya l'ensemble de la classe du regard et reprit la parole.

— Votre objectif n'est-il pas de devenir des super-héros ? Au quotidien, vous recevrez les remerciements des personnes à qui vous aurez porté secours. Ce devoir, c'est l'occasion pour vous de méditer sur le sentiment de gratitude. Reste à savoir si vous deviendrez bel et bien des professionnels : rien ne le garantit…

— J'ai compris ! s'exclama Tenya. Ce cours vise à cultiver notre esprit super-héroïque par la réflexion. Un héros ne doit jamais oublier la modestie et la reconnaissance envers autrui. Monsieur Aizawa, vous m'avez convaincu !

— Il ne t'aura pas fallu beaucoup de temps ! lança Ochaco, juste derrière lui.

Les élèves se moquèrent du retournement de veste trop soudain de leur camarade, mais ils durent se résigner à accepter le programme de la journée portes ouvertes.

Au sein de la filière super-héroïque, tout était possible. Mieux valait ne pas s'affoler à la moindre nouveauté.

— Avant cette lecture, précisa le professeur, je pense proposer à vos parents un tour de l'établissement et quelques démonstrations in situ.

— Ah, quand même ! C'est ça qu'on voulait ! s'écria Denki, en porte-parole de la classe.

— Quelle barbe, cette lettre de remerciements. C'est un vrai casse-tête… marmonnait Izuku, visiblement ennuyé.

— Inutile de trop réfléchir : il faut juste l'écrire ! lui répondit Shoto, marchant à ses côtés.

— Au départ, j'étais très sceptique, expliqua Tenya, le troisième membre de leur petit groupe. Mais à présent, je suis tout à fait convaincu de l'intérêt de cette tâche ! On ressent tous de la gratitude envers notre famille, mais s'il n'était ce genre d'occasion, on ne la leur exprimerait jamais. D'ailleurs, je me demande si la longueur de la lettre est limitée ? J'espère bien que non : j'ai besoin d'un nombre suffisant de mots pour être en mesure de décrire mes sentiments avec justesse.

Les trois garçons en uniforme ressemblaient à des lycéens ordinaires rentrant chez eux après les cours. Nul n'aurait pu deviner que ces trois-là avaient livré un combat contre Stain, le tueur de super-héros qui faisait alors trembler le pays.

Izuku, Tenya et Shoto n'étaient pas des super-héros professionnels, ils n'avaient donc pas le droit d'employer leur alter dans les lieux publics.

Ce jour-là, même s'ils avaient agi pour affronter un super-vilain, un être abominable ayant assassiné de nombreux héros au nom d'une soi-disant épuration, les trois garçons avaient enfreint la loi.

Afin de ne pas porter préjudice à l'avenir super-héroïque de ces adolescents prometteurs, l'affaire avait été étouffée.

Si les trois amis s'étaient risqués à défier Stain, c'est parce que le super-vilain avait attaqué Ingenium et l'avait mutilé au point de mettre un terme à sa carrière.

Tenya brûlait de venger son frère, qu'il admirait par-dessus tout, et Izuku et Shoto étaient venus à son secours. Après le combat, des liens étroits s'étaient noués entre les trois lycéens.

— Tu m'impressionneras toujours… dit Izuku. Moi, je serais incapable d'en écrire des tonnes. Je ne sais même pas comment je vais m'y prendre et je n'ai aucune idée du contenu. Souvent, je poste des commentaires sur les sites internet des super-héros, mais je ne rédige quasiment jamais de lettres.

Tenya parut étonné.

— Personnellement ça m'arrive, de temps à autre, de dire merci par écrit.

— Sérieusement ?

— Parfois, de vieilles dames à qui j'ai porté secours dans la rue m'envoient des cadeaux, en signe de gratitude. Je leur adresse toujours une lettre pour les remercier, comme me l'ont enseigné mes parents.

Il avait exposé son cas comme s'il énonçait une évidence.

— Tu es très bien élevé, pas de doute là-dessus ! s'exclama Izuku, admiratif.

Tenya se montra légèrement gêné par la réaction de son ami.

— C'est si étonnant ? Pourtant tout ça me paraît normal…

Il chercha du regard l'approbation de Shoto, mais son camarade à l'alter de glace répondit sans sourciller :

— Moi, ça ne m'est jamais arrivé.

— Ah bon… bougonna Tenya, un peu déçu.

— Mais c'est super, de faire ça ! le consola Izuku. En plus, ça te sera utile en l'occurrence !

— C'est sûr, approuva Tenya, qui avait retrouvé le sourire, réconforté par les paroles de son ami. Et puis, dans une lettre, on peut mettre tout son cœur. D'ailleurs…

Il s'interrompit un instant.

— Ah ! cria-t-il en levant les deux mains au ciel.

— Qu'est-ce qui te prend ?

— J'allais oublier !

Il fouilla dans son sac et en sortit une enveloppe.

— Tenez !

— Qu'est-ce que c'est ?

— Des billets gratuits pour un parc d'attractions ! Un cadeau de Redskin, le héros que Stain agressait lorsqu'on l'a découvert !

— Mais pourquoi ?

— En guise de remerciements.

Tenya tira de l'enveloppe quatre tickets d'entrée.

— Pourquoi quatre et pas trois ?

— Sans doute à cause de toutes ces attractions où on monte deux par deux, supposa Izuku. Une petite attention de sa part ?

Shoto acquiesça.

— Puisqu'il nous a offert un ticket supplémentaire, on devrait en profiter pour inviter quelqu'un d'autre, non ? proposa Tenya.

— Forcément ! répondit Izuku.

— Comme vous voulez… marmonna Shoto, qui avait l'air d'approuver à sa façon.

Le délégué scruta les billets.

— Ils expirent la semaine prochaine. Les amis, vous êtes libres dimanche ?

— A priori, oui… (Izuku réfléchissait.) Attends… Non, je ne peux pas !

— Qu'est-ce que tu as prévu ? s'enquit Tenya.

Le regard d'Izuku pétillait.

— Le centre culturel va accueillir une rétrospective sur les super-héros ! Une expo inédite qui présentera ceux de la vieille époque, un événement à ne rater sous aucun prétexte ! C'est hyper rare d'avoir accès à des documents d'archives… Et le public aura droit à un catalogue avec une foule de détails historiques !

L'adolescent n'arrivait plus à contenir son exaltation.

— Tu es un vrai fanatique ! lui lança Tenya.

— Pardon…

— Moi non plus je ne peux pas, dimanche. Je dois rendre visite à ma mère à l'hosto, désolé.

— Pas de problème, répondit Tenya avec une pointe de regret. (Il retrouva très vite son air sérieux habituel.) Dommage, mais c'est comme ça. Enfin, ces tickets ne seront pas gâchés ! Je les proposerai à d'autres.

— Et un jour, on y retournera ensemble ! s'écria Izuku avec enthousiasme avant d'afficher soudain une mine plus timide. Enfin, je veux dire… Ce serait chouette si on pouvait y aller tous les trois.

Shoto et Tenya s'étonnèrent :

— Qu'est-ce qu'il y a ?

— Ben j'ai un peu l'impression d'être le seul aussi enthousiaste à l'idée de cette sortie… répondit-il, gêné.

Tenya et Shoto échangèrent un regard.

— Izuku, dit le premier, ton alter est si puissant, et pourtant, au quotidien, tu as si peu confiance en toi !

Le second ne put qu'approuver.

— C'est clair.

Izuku se força à rire pour détourner l'attention et échapper au jugement de ses amis. Il entreprit rapidement de changer le sujet de la conversation :

— Au fait, Tenya, qui viendra aux portes ouvertes, dans ta famille ?

— Ma mère, répondit sans hésiter le délégué. Mon père aura sans doute du travail. Pareil pour toi ?

— Oui : ma maman ! Et toi, Shoto ?

— Personne.

La réplique, froide et sans détour, laissa Izuku interdit. Il pâlit et regretta sur-le-champ l'insouciance de sa question, lui qui connaissait la situation familiale complexe de son camarade…

Au classement des super-héros, on trouvait bien sûr All Might en première position, puis venait Endeavor, le héros incandescent… Le père de Shoto.

C'était un homme très ambitieux qui, en dépit d'efforts acharnés, n'avait pas réussi à surpasser All Might. Il avait alors décidé d'opter pour une tout autre stratégie : concevoir un enfant dont les capacités éclipseraient celles de son concurrent. Sa progéniture devait hériter de son patrimoine génétique, mais il souhaitait aussi la doter d'une version améliorée de son alter. Il rechercha une épouse adéquate afin d'atteindre ce but, et trouva la mère de Shoto avec son alter de glace. De leur union naquirent plusieurs enfants.

Au sein de la fratrie, ce fut Shoto qui reçut le meilleur héritage, combinant les caractéristiques des alters de ses parents. C'est pourquoi depuis sa plus tendre enfance, Endeavor l'entraînait ferme dans le but de dépasser All Might. La mère de Shoto tentait sans cesse de s'interposer, ce qui lui valut d'être tyrannisée par son époux.

Un jour, la pauvre femme, hors d'elle, versa de l'eau bouillante sur le visage de son propre fils. La brûlure qui marquait Shoto datait de cet épisode funeste.

Par la suite, sa mère fut internée. Depuis ce jour, l'adolescent vouait une haine profonde à son père.

— Excuse-moi, Shoto… balbutia Izuku.

— C'est vrai que ta mère est hospitalisée, dit Tenya. Je suis désolé…

— Aucun problème, ça m'est égal. Pas la peine de vous excuser.

— Mais ta mère doit sûrement regretter de ne pas

pouvoir participer à la journée portes ouvertes... fit remarquer Tenya.

Shoto se retrancha dans le silence. Il fourra la main dans sa poche et froissa la feuille d'information qui s'y trouvait.

— Je m'en fiche... Rien que d'imaginer ce type venir, ça me donne des sueurs froides.

— « Ce type » ? répéta Tenya. Tu parles bien d'Endeavor ? Drôle de façon de désigner son paternel... Tu ne peux pas l'appeler « père » ?

— Plutôt « mon fumier de père ». C'est tout ce qu'il mérite.

— Et si tu l'appelais « papa » ?

— Mais qu'est-ce que tu racontes ?

— Ou encore « daddy » ?

Shoto était en train de s'imaginer nommer son père ainsi. Cette idée l'horripila et son visage s'assombrit. Izuku, qui l'avait remarqué, intervint :

— Certains enfants donnent des surnoms à leurs parents, et dans d'autres familles, on appelle ses parents par leur prénom...

— Mais s'adresser à ses parents comme à ses amis, c'est ne pas leur témoigner tout le respect qui leur est dû, tu ne crois pas ?

— Je devrais donner un surnom à cette ordure ?! Pas moyen !

— Chacun est libre d'appeler ses parents comme il le veut !

Malgré ses efforts, Izuku ne parvenait pas à apaiser la crise.

Les trois lycéens arrivaient à un coin de rue. Shoto s'arrêta.

— J'ai une course à faire, je viens de m'en souvenir…

Izuku crut percevoir de l'hésitation dans le regard fuyant de son ami.

Mais c'est sans doute moi qui me fais des idées…

— O.K. ! Alors on se quitte ici, dit-il finalement en lui adressant un signe de la main. Fais attention à toi !

— À demain… répondit laconiquement Shoto.

Peu après s'être séparé de ses amis, Shoto arriva au pied d'un grand bâtiment blanc que la lumière rasante du soleil couchant teintait de nuances orangées.

C'était l'hôpital où sa mère était internée.

Alors que les consultations allaient bientôt cesser, une foule de patients se pressait dans le hall d'accueil. Ils attendaient leur tour pour régler leur note. Shoto évita l'attroupement et se faufila vers l'ascenseur qui menait dans les chambres.

Pendant la montée, les yeux du jeune homme restèrent rivés sur les voyants clignotants qui indiquaient les étages. Sa nervosité était palpable.

Il était pourtant déjà venu ici à plusieurs reprises…

Mais son émotion ne ressemblait pas non plus à celle qu'il avait éprouvée lors de sa toute première visite. Ce jour-là, il ne s'était même pas rendu compte qu'il était tendu. Il en avait seulement pris conscience quand sa main avait tremblé alors qu'il tentait d'ouvrir la porte.

L'avertisseur sonore annonça l'arrivée à destination : l'étage où se trouvait la chambre de sa mère.

Les portes automatiques s'ouvrirent sur un couloir silencieux qui contrastait avec le vacarme du rez-de-chaussée. Une légère odeur de désinfectant flottait dans l'air et lui rappela son hospitalisation récente.

Tous les hôpitaux sentaient pareil.

Il avait séjourné quelque temps dans un établissement similaire en compagnie de Tenya et d'Izuku, à la suite des blessures infligées par Stain.

Au beau milieu de la nuit, pendant que ses deux camarades dormaient, Shoto avait ouvert les yeux. Dans ce silence de mort, le souvenir de sa mère avait ressurgi.

Maman aussi vit donc dans un tel silence ?

Une infirmière le salua lorsqu'il passa devant le bureau du personnel.

— Bonjour, Shoto… Je ne t'avais pas reconnu !

Ah bon ?

— Euh… bonjour, balbutia-t-il.

Il aurait voulu questionner l'infirmière sur sa remarque, mais un bip sonna et elle fila aussitôt vers la chambre du patient qui l'appelait.

La main dans sa poche, l'adolescent palpait la feuille d'information qui y était pliée. Elle lui semblait soudain bien plus grande qu'en réalité.

Arrivé devant la chambre de sa mère, il prit une profonde inspiration avant d'ouvrir la porte.

— Maman…

— Shoto ?

Assise près de la fenêtre, elle se retourna.

Les barreaux imprimaient un quadrillage d'ombres sur son visage. Dans le contre-jour, Shoto devina que ses yeux, aux coins desquels l'expression d'un sourire traçait des sillons, étaient légèrement écarquillés.

— Qu'est-ce que tu as, maman ?

— Non, rien… Viens t'asseoir ! dit-elle en poussant vers lui la chaise sur laquelle elle était installée jusque-là.

— Merci, répondit-il en prenant place.

Elle dévorait son fils des yeux.

— Tout va bien ?

Elle s'excusa, saisissant soudain la gêne provoquée par son regard insistant, et glissa doucement vers le bord du lit pour s'y installer. Shoto bredouilla :

— Ce n'est rien… Je me demandais juste si j'avais un truc sur le nez.

— Pas du tout, ça faisait un petit moment que je n'avais pas pris le temps de te regarder, dans ton uniforme de lycéen. Shoto, tu as tellement grandi…

L'adolescent était encore troublé par les yeux perçants de sa mère. Elle les plissait comme si elle avait été éblouie par le soleil. Alors qu'il fuyait son regard, il comprit la remarque de l'infirmière : c'était seulement la deuxième fois qu'il se rendait à l'hôpital un jour de semaine. Le week-end, il ne portait pas son uniforme. Elle n'avait donc pas l'habitude de le voir habillé ainsi.

— Désolé d'être passé à l'improviste.

— Qu'est-ce que tu racontes ? Ça me fait toujours plaisir de te voir !

Il s'était douté qu'elle lui répondrait ça. Il avait l'impression d'agir comme un gamin. Son propre comportement l'embarrassait, même si, d'un autre côté, tout au fond de lui, cet échange le rendait heureux.

Alors qu'il s'était promis de la sauver, à chaque fois qu'il se tenait devant elle, il lui semblait redevenir un enfant impuissant.

Shoto demeurait silencieux. Il effleurait du bout des doigts la feuille qui était dans sa poche, car elle renfermait la raison de sa venue impromptue. Il savait sa mère dans l'impossibilité de participer à la journée portes ouvertes, mais il n'avait pas pu s'empêcher de lui rendre visite.

Devait-il l'informer malgré tout ?

Par égard pour lui, elle respectait son silence, mais le rompit soudain comme si une idée lui avait traversé l'esprit.

— Tu veux quelque chose à boire ?

— Euh, oui, merci !

Effectivement, il avait soif. Il y avait un distributeur de boissons dans le couloir et le garçon se releva pour s'y rendre, mais sa mère le retint :

— Tout est déjà prêt ! Sers-toi dans le frigo !

Il ouvrit la porte du petit réfrigérateur qui se trouvait à côté du lit, encastré sous un bureau. Ce dernier contenait quelques bouteilles de thé vert, du soda ainsi que des boissons lactées, conditionnées dans des briques en carton sur lesquelles figurait une mascotte de vache sans doute populaire auprès des enfants.

— Comme tu adorais les yaourts à boire Mamie Meuh lorsque tu étais petit, je n'ai pas pu m'empêcher d'en acheter quand je suis tombée dessus à la supérette de l'hôpital !

Shoto resta interloqué. Il lui semblait en effet en avoir déjà bu longtemps auparavant, mais ce souvenir était jusque-là demeuré enfoui.

Devant le mutisme de son fils, la jeune femme reprit avec un sourire gêné :

— Tu es déjà au lycée, c'est vrai... Ne t'inquiète pas, c'est toi qui choisis. Qu'est-ce qui te ferait plaisir ?

Elle avait visiblement constitué cet assortiment de boissons en prévision de sa visite. Cette attention lui fit chaud au cœur.

— Ça, c'est très bien ! répondit-il en saisissant la brique Mamie Meuh.

Sa mère approuva joyeusement.

— Parfait !

Shoto avala une gorgée du yaourt à boire, au goût sucré et délicat. Même si Mamie Meuh n'avait pas véritablement marqué sa mémoire, cette saveur faisait affleurer une vague réminiscence.

Lui et sa mère demeuraient sans mot dire.

L'adolescent avait terminé sa briquette et jouait avec, comme un enfant.

Ils ne pouvaient pas rattraper en un instant tout le temps qu'ils avaient passé séparés et ne savaient pas comment réagir face au silence qui s'interposait entre eux.

Mais le calme n'avait rien d'étouffant. Il reflétait l'attention que chacun avait pour l'autre tout en gardant une distance respectueuse, et il portait la promesse d'un renouement prochain.

Comme souvent, ce fut elle qui, de sa douce voix, mit fin à cette situation.

— Comment se passent tes cours ?

— Eh bien...

Shoto avait recouvré sa contenance.

Mais, lorsque la feuille de papier dans sa poche ressurgit à son esprit, son soulagement s'éclipsa sur-le-champ.

C'est le moment ou jamais de lui annoncer...

Pourtant, plus il y réfléchissait, moins les paroles lui venaient aux lèvres. Et plus il hésitait, plus sa mère s'en inquiétait, elle qui ignorait les raisons de son mutisme.

Shoto se hâta alors de répondre :

— Aujourd'hui, c'était cours de sauvetage ! Il y avait même un hélicoptère.

— Vous avez ce genre d'entraînement ? Je ne savais pas...

Rassuré d'avoir réussi à éveiller son intérêt, Shoto poursuivit :

— Ce sera notre boulot, de sauver des vies...

— C'est vrai.

— Et puis, je suis descendu de la terrasse d'un bâtiment dans un tube en toile ! Et j'ai aussi appris à envoyer des signaux de détresse...

— Ah oui ?

— Ensuite…

La mère de Shoto, souriante, répondait par des hochements de tête approbateurs aux anecdotes que lui racontait son fils.

— Et All Might est venu ! Il enseigne chez nous.

— C'est vrai que tu l'as toujours adoré… Comme tu ne pouvais pas regarder les exploits de ton héros préféré en présence de ton père, j'enregistrais les émissions qu'on visionnait ensuite en cachette… Tu te rappelles ?

— C'est vrai, oui…

Déjà tout petit, Shoto admirait All Might et voulait marcher sur ses traces, mais à force de dissimuler ce secret au plus profond de lui, ce souvenir avait fini par s'effacer.

C'était sa mère qui le faisait renaître en cet instant.

L'image d'une main toute tordue, maculée de sang et criblée de blessures s'imposa tout à coup à lui.

Il desserra lentement les lèvres :

— Il y a un garçon qui s'appelle Izuku…

— Un de tes camarades de classe ?

— Oui.

Lors de la rentrée scolaire, Shoto n'avait pas prêté spécialement attention à Izuku.

D'ordinaire, celui-ci était loin d'être débrouillard, mais de temps à autre, par exemple lors de l'attaque de l'Alliance des super-vilains ou pendant certains cours, il pouvait faire preuve d'une puissance exceptionnelle.

Shoto avait également pris conscience de l'intérêt particulier qu'All Might semblait lui porter.

Le championnat avait cristallisé ses impressions. Shoto y avait croisé Endeavor et l'avait bravé dans le but de l'impressionner.

Shoto détestait son père, et sa mère le tenait à distance. Cette situation familiale déplorable l'avait décidé à ne pas utiliser son côté gauche – l'alter de feu d'Endeavor – pour combattre. Il considérait qu'une victoire dans ces conditions constituerait une sorte de vengeance contre son géniteur.

Quand il découvrit la contrariété peinte sur le visage d'Endeavor lors de son combat contre Izuku, il se dit qu'il avait réussi son coup.

Pourtant, le garçon aux taches de rousseur était revenu le défier avec obstination et impétuosité, sans se préoccuper de ses blessures.

Il était fou de rage car je ne voulais utiliser que la moitié de mes capacités pour gagner.

Shoto se souvint qu'Izuku lui avait hurlé : *« Ce pouvoir, c'est le tien ! »*

Ces paroles n'auraient pas résonné aussi intensément en Shoto si leur auteur avait été quelqu'un d'autre.

Violemment meurtri, Izuku n'était plus qu'une loque humaine, mais il dégageait une énergie extrême, au point d'en être irritant, et c'est avec intégrité qu'il avait bousculé son camarade dans une lutte à corps perdu.

Il fonçait tout droit, au combat comme dans la vie, à l'instar du super-héros qu'il adulait.

Cette ardeur avait agi comme une révélation sur l'esprit de Shoto : des souvenirs de son enfance avaient soudain rejailli, comme une vague, et il avait senti se ranimer cette flamme qui avait jadis brûlé en son sein, et qu'il avait étouffée, confinée, jusqu'à l'éteindre.

L'instant suivant, Shoto avait tout oublié, jusqu'à l'existence d'Endeavor, qu'il avait haï pendant de si longues années. En faisant le vide en lui-même, il avait compris pour la première fois qu'il avait été prisonnier de son obstination farouche à renier son père.

— On s'est battus pendant le championnat. Il était complètement brisé, dans un état pitoyable, les mains couvertes de blessures. Mais il est tout de même venu me défier, et j'ai décidé de combattre sans me ménager.

— Eh bien…

— C'est un type incroyable.

Sa mère esquissa un sourire bienveillant.

— Tu t'es fait un super ami ! commenta-t-elle, joyeuse, les yeux un peu humides.

Shoto acquiesça d'un timide hochement de tête. La conversation s'interrompit à nouveau, mais cette fois le silence était doux et agréable, comme une caresse.

Une voix féminine se fit soudain entendre :

— Maman, j'ai ton linge… Tiens, Shoto ! Qu'est-ce qui t'amène ici ? En voilà, une visite exceptionnelle !

Fuyumi, la grande sœur de Shoto, était entrée dans la chambre. Physiquement, elle ressemblait beaucoup à leur mère, mais elle ne partageait pas son caractère délicat et discret. Au contraire, elle avait un tempérament plutôt guilleret.

— C'est la deuxième fois…

— Comment ça ?

— Non, rien… ronchonna Shoto.

— Maman, je range ton linge, d'accord ?

— Merci pour tout ce que tu fais pour moi, Fuyumi…

— Mais voyons, c'est normal !

La jeune femme déposa le linge dans les tiroirs avec des gestes rendus précis par l'habitude.

Tout en effectuant sa tâche, elle demanda à son frère :

— Tu es venu pour une raison particulière ?

— Non…

Shoto voulut jeter la briquette qu'il tenait encore en main, mais lorsqu'il se leva, la feuille qu'il gardait dans sa poche s'échappa et tomba à terre. Fuyumi la remarqua.

— Qu'est-ce que c'est ?

— Attends !

Elle avait terminé de ranger le linge et s'était retournée pour ramasser la feuille.

— Voyons un peu… murmura-t-elle, en dépliant le papier. « Les parents d'élèves sont invités à participer à la journée portes ouvertes… »

— Pardon ? balbutia la mère de Shoto.

— Merci, Fuyumi ! s'emporta l'adolescent.

Sa sœur continuait la lecture, un sourire aux lèvres. Il sembla à Shoto que ses laborieuses réflexions n'avaient engendré qu'une perte de temps. Il redevint muet, la mine maussade, mais la voix de sa mère le sortit bien vite de cet état. Elle se confondait en excuses.

— Shoto, je suis désolée de ne pas pouvoir y participer…

Il ne savait trop comment réagir face à l'embarras maternel.

— Ce n'est pas grave ! Je me disais que c'était mieux de te prévenir, c'est tout. Pas la peine de…

Les remords le tiraillaient : si c'était pour qu'elle se sente navrée, il aurait été préférable de ne pas la mettre au courant. Il regrettait sa visite.

— Pardonne-moi, maman…

— Shoto…

Attristée, elle fronçait les sourcils.

— Euh, on pourrait peut-être… bredouilla Fuyumi.

Consciente d'être la cause de cette tension, elle se montrait elle aussi gênée.

Soudain, son visage s'illumina et elle s'écria :

— Je sais ! C'est moi qui irai à la journée portes ouvertes !

— Qu'est-ce que tu racontes ? rétorqua Shoto. Et tes cours ?

Fuyumi était institutrice à l'école primaire.

— Aucun souci ! répliqua-t-elle avec un sourire éclatant. Pour ce genre d'événements exceptionnels, il suffit que je fasse une demande écrite et l'école m'accordera au minimum une demi-journée. Je filmerai tous tes exploits, Shoto ! C'est une idée de génie, n'est-ce pas ?

— Sois sérieuse… Il ne s'agit pas de la fête de ton école !

— Ce serait interdit, tu crois ? Chez nous, les parents d'élèves filment souvent la journée portes ouvertes de leur enfant…

Shoto s'apprêtait à objecter à sa sœur qu'il ne fallait pas confondre lycée et école primaire lorsque sa mère intervint :

— Ce n'est donc pas autorisé ?

Précédemment enthousiaste à l'idée de sa fille, elle avait désormais cessé de sourire et son visage s'était rembruni.

— Pas spécialement... marmonna Shoto.

L'adolescent n'avait aucune envie d'être filmé mais il souhaitait, dans la mesure du possible, ne rien dire qui puisse attrister sa mère. Il fit une concession :

— Je me renseignerai...

L'heure du dîner approchait. Shoto et Fuyumi quittèrent donc la chambre de leur mère.

Alors qu'ils marchaient côte à côte dans le couloir, la jeune femme interrogea son frère :

— Dis-moi, ton professeur principal est bien M. Aizawa ?

— Oui.

— Tu as l'air blasé tout à coup... Je crois que j'ai compris : tu préférerais que ce soit papa qui vienne ?

— N'en parle surtout pas à ce salaud !

— Mais pourq...

— Jure-le, s'il te plaît ! insista Shoto.

La tristesse voila un instant le visage de Fuyumi, mais elle se dissipa très vite pour laisser place à son habituel sourire.

— D'accord, c'est promis !

Alors qu'ils attendaient l'ascenseur, Shoto gardait la tête baissée, la mine sévère.

Sa posture fit réagir Fuyumi :

— C'est l'idée du film qui te plombe comme ça ? Si ça te déplaît autant, je ne le ferai pas…

— En effet, ça ne m'enchante pas… répondit Shoto, en relevant le visage vers sa sœur. Mais ce n'est pas ça le problème.

— Alors qu'est-ce que c'est ?

— Je savais depuis le début qu'elle ne pourrait pas venir… La feuille aurait dû rester cachée.

— O.K., c'est donc ça qui t'embête…

Fuyumi sourit et donna un petit coup sur le crâne de son frère.

— Qu'est-ce qui te prend ?

— Aucun parent ne se plaindrait que son enfant s'inquiète pour lui ! Maman est sans doute désolée de ne pas pouvoir s'y rendre, mais tu l'as prévenue et ça lui a fait plaisir, j'en suis persuadée. Ta journée portes ouvertes, c'est une première pour elle aussi !

En effet, il s'agissait d'une situation inédite, pour sa mère comme pour lui, il le réalisait à présent.

— Tu parles vraiment comme une instit !

— C'est normal, j'en suis une !

Shoto était heureux et troublé à la fois, et cela n'avait pas échappé à Fuyumi.

Elle lui redonna une tape affectueuse sur la tête.

Le signal sonore annonça l'arrivée de l'ascenseur. Les portes automatiques s'ouvrirent.

— Dépêchons-nous ! s'écria sa sœur. Ça va se refermer !

L'adolescent lui emboîta le pas.

Si sa mère souhaitait visionner ce film, il était prêt à surmonter sa répulsion pour elle. Du moins, il commençait à s'en sentir capable.

Shota Aizawa rationalisait tout de manière obsessionnelle.

Pas une de ses actions n'était inutile.

S'agissant de vêtements ou d'alimentation, le professeur n'avait pas de préférence spécifique. Pour lui, s'attacher aux détails revenait à perdre son temps. Ainsi, ses cheveux étaient longs et ébouriffés, sa garde-robe peu variée. Selon lui, la nourriture n'avait d'autre but que d'apporter les protéines, vitamines et minéraux nécessaires. D'ailleurs, ses repas se résumaient la plupart du temps à des gelées tout-en-un.

Il pensait que s'habiller ou décorer son intérieur de façon sophistiquée au détriment de l'aspect fonctionnel ou du confort était vain. De la même manière, s'évertuer à dénicher des ingrédients d'une provenance ou d'une marque particulière et se casser la tête à les cuisiner selon des recettes recherchées était pour lui complètement futile.

Et le monde regorgeait de futilités.

— Bonjour, M. Aizawa à l'appareil… Ne vous inquiétez pas, cet appel ne concerne pas Fumikage.

Je souhaitais vous parler des portes ouvertes qui auront lieu la semaine prochaine...

Après une journée de cours chargée, il se tenait assis à son bureau. Yuei avait beau être un lycée d'élite qui comptait parmi les plus prestigieux au monde, la pièce réservée aux enseignants ne présentait rien d'extraordinaire. Elle ressemblait à n'importe quelle salle des professeurs japonaise. Ses bureaux étaient regroupés par année et par filière, et on avait garni les étagères tapissant le mur du fond d'innombrables ouvrages sur l'éducation et autres manuels scolaires.

Une seule et unique caractéristique différenciait ce local d'une salle des professeurs lambda : il accueillait des héros professionnels, l'équipe pédagogique de la filière super-héroïque.

Il y avait bien sûr Eraser Head, qui donnait présentement des explications succinctes aux parents de Fumikage Tokoyami. Venait ensuite l'occupante du bureau à sa gauche, qui n'était autre que la sulfureuse Midnight, l'héroïne interdite aux moins de dix-huit ans. Cette dernière portait un justaucorps extrêmement fin, de style bondage, qui collait au plus près ses formes généreuses. Elle était en train d'astiquer son arme fétiche : un fouet.

Dans un lycée de garçons comme il en existe une infinité au Japon, les adolescents en plein éveil sexuel auraient sans doute été perturbés au plus haut point par la tenue provocante de Midnight. S'il avait été présent, un élève comme Minoru, ce petit démon de luxure, lui aurait sans doute sauté dessus sans mettre aucun frein à ses désirs.

En face de Midnight se tenait Cementos, un super-héros à la figure rectangulaire qui enseignait la littérature japonaise. Il était occupé à préparer les cours du lendemain et montrait un manuel à son voisin, Numéro 13, un individu vêtu d'une combinaison spatiale. Non loin était installé Ectoplasm. Avec son crâne noir et ses dents blanches qu'aucune lèvre ne recouvrait, son apparence était plutôt inquiétante. Pourtant, il prenait tranquillement sa pause en sirotant un thé.

Tous ces super-héros en tenue de combat ne ressemblaient en rien à des professeurs. Mais à Yuei, c'était une scène tout à fait ordinaire.

Précisons que le professeur principal de la seconde B, Vlad King, assurait actuellement son tour de surveillance de l'établissement. Snipe accompagnait les élèves aux exercices de tir tandis que Power

Loader conseillait ceux de la filière assistance sur leurs prototypes. Present Mic était quant à lui aux toilettes et avait laissé son bureau vacant.

— Bien ! Nous nous verrons donc à la journée portes ouvertes. À très bientôt !

M. Aizawa raccrocha. Son regard se porta sur une feuille placée à côté du téléphone où était imprimée la liste des seconde A, avec leurs coordonnées. Le professeur s'en servait pour le suivi des familles à joindre.

Il cocha le nom de Tokoyami.

Bien, passons à Shoto…

Mais chez les Todoroki, nul ne répondait.

M. Aizawa patienta un moment avant de raccrocher, puis il chercha le contact d'urgence dans la liste. Il trouva le numéro de portable du père de Shoto.

Endeavor était un héros professionnel, il valait donc mieux ne pas le déranger dans le feu de l'action. M. Aizawa hésitait sur la marche à suivre lorsqu'une voix s'éleva derrière lui :

— Ça va, Shota ?

Il se retourna et vit All Might, sous sa véritable apparence : celle d'un homme maigrichon, avec la peau sur les os. Il n'avait rien du super-héros aux muscles hypertrophiés qu'il devenait en mode « malabar ». Son visage était si amaigri que ses yeux semblaient profondément enfoncés dans leur orbite. Ainsi, ses pupilles apparaissaient comme deux petits points brillants dans de profonds puits noirs.

— Je n'arrive pas à joindre les parents de Shoto…

— As-tu essayé le numéro proposé en cas d'urgence ?

— Pas encore. Je ne voudrais pas embêter mon interlocuteur pendant une mission…

All Might jeta un coup d'œil furtif à la liste.

— Ah, Endeavor… Si tu veux, je peux m'en charger !

— Comment ça ? s'étonna M. Aizawa.

— Je ne lui ai pas parlé depuis le championnat et je comptais le faire quoi qu'il arrive…

All Might contracta tous ses muscles et retrouva sa carrure colossale, percutant au passage les chaises qui l'entouraient. Ces dernières volèrent dans toutes les directions. Il s'empressa de les ramasser et de les remettre en place. Soulevées par ce titan, elles ressemblaient à de petits biscuits que l'on manipule avec légèreté et délicatesse. Enfin, le super-héros s'installa à son bureau et décrocha son téléphone fixe.

nouvelle génération… J'ai aussi trouvé une adresse qui sert un excellent café au goût d'antan ! Tu adores le café, n'est-ce pas ? Tu te rappelles, on en avait discuté il y a dix ans… Tu étais tellement à cheval sur les détails ! Dans mon souvenir, tu m'avais parlé d'un café exceptionnel, de grains d'une très grande rareté… Enfin, en ce qui me concerne, le café en cannette convient très bien ! Flûte, c'est déjà terminé…

— Vous avez l'impression d'avoir fait passer un message, All Might ?

— Bien sûr, pourquoi ? Zut, la journée portes ouvertes ! Ça m'était complètement sorti de la tête ! Je vais le rappeler…

— Inutile… J'adresserai un fax à son agence.

Finalement, appeler ou laisser un message n'était pas la méthode la plus productive.

J'aurais sans doute dû procéder par fax dès le départ… pensa le professeur.

Il se déplaça donc vers la machine pour envoyer la fiche d'information à l'agence d'Endeavor.

— Désolé, Shota, s'excusa brièvement All Might, interrompu par une quinte de toux.

Lorsqu'il retrouvait son apparence véritable, le super-héros crachait toujours du sang.

— Wow ! s'exclama Present Mic qui revenait des toilettes. À peine ai-je ouvert la porte que, deux secondes plus tard, c'est une fontaine de sang ! (Il portait des lunettes de soleil, arborait de fines moustaches, et ses cheveux étaient coiffés de sorte qu'ils étaient relevés vers le ciel. Aux yeux de M. Aizawa, cet accoutrement représentait le comble de la futilité.) Ça va, All Might ? Vous devriez manger du foie, faire le plein de fer ! Par ailleurs, le proviseur vous appelle : vous êtes convoqué dans son bureau.

— Qu'est-ce qu'il me veut encore ? Sans doute poursuivre le débat sur l'éducation qu'on a eu tout à l'heure…

Le plus grand de tous les héros, craignant un interminable rendez-vous, traînait les pieds pour sortir de la salle des professeurs.

Midnight le réconforta.

— Allez, courage !

Ils avaient beau être des super-héros, ils n'en demeuraient pas moins des agents de la fonction publique qui ne pouvaient se permettre d'ignorer un appel de leur supérieur hiérarchique.

— Je n'en crois pas mes yeux : tu envoies un fax ?! s'écria Present Mic, qui s'était approché de

M. Aizawa. Le fax, en voilà un engin has been qui ne disparaîtra jamais !

Les deux professeurs se connaissaient de longue date, ils avaient étudié dans la même classe au lycée Yuei.

Present Mic jeta un coup d'œil à la machine.

— Oh là là, tu dois joindre tous les parents d'élèves ? Ça a l'air bien galère, d'être professeur principal !

— Pas faux, répondit M. Aizawa, qui en réalité était persuadé du contraire.

Il considérait cette prise de contact comme nécessaire mais il manquait d'énergie pour expliquer ses raisons à son collègue. Il avait donc préféré se taire dans l'espoir d'écourter la conversation car c'était, selon lui, la conduite la plus rationnelle.

Ignorant tout des pensées de M. Aizawa, Present Mic poursuivit :

— À propos de la question qui nous occupe…

— De quoi parles-tu ?

— De notre prise d'otages !

— Ah oui, à ce sujet…

Mais Present Mic n'attendit pas la réponse de M. Aizawa.

— Mon vieux, j'ai eu une idée super hot ! s'exclama-t-il avec fierté. Parfois je me trouve trop clever. À tel point que j'ai envie de hurler : « Stop me ! » (Il se retourna vers ses collègues.) Hey teachers ! Qui a envie de connaître mon idée trop hot and cool ? Say « Yeah » !

Present Mic s'arrêta, dans l'espoir de récolter les retours enthousiastes de son public. Mais aucun de ses collègues ne lança le « Yeah ! » attendu. Leur réaction fut au contraire froide et indifférente.

— Bon, abrège ! De quoi s'agit-il ? demanda Midnight, se sentant en définitive forcée de répondre.

— Come on everybody ! s'écria Present Mic. On allume le feu !

— Yeah… murmura Midnight en levant la main, sans grande ferveur.

— C'est valable pour les spectateurs au fond de la salle, aussi ! criait le héros vocal.

— Il parle de nous ? lança Cementos, jusqu'ici un peu long à la détente.

— Pour ma part, je souhaite exercer mon droit à la tranquillité ! dit Ectoplasm.

— Allons, les amis ! s'exclama Numéro 13, en

bon conciliateur. (Il reposa calmement sa tasse de thé sur la table.) Et si nous l'écoutions ?

Present Mic reprit, sans se préoccuper de l'assentiment de ses collègues :

— Pour neutraliser une foule d'otages en un rien de temps, il suffit de les immobiliser d'un seul coup, n'est-ce pas ? Et pour ça, il n'existe qu'une solution : ma « Voice » !

Ainsi se nommait l'alter de Present Mic. « Un volume apocalyptique, des aigus du tonnerre, des basses d'enfer » : sa voix était son arme.

— Puis-je intervenir ? marmonna M. Aizawa, excédé.

Malheureusement, ses paroles étaient recouvertes par celles de Present Mic.

— On rassemblerait les otages dans une pièce fermée et on leur offrirait mon special live avec un son du tonnerre ! annonçait-il, tonitruant. Je ferais exploser les tympans et le cœur du public et ils s'évanouiraient tous sur-le-champ ! Je ferais aussi voler en éclats les têtes dures des parents d'élèves avec ma sweet voice ! Go Go Heaven ! Alors, qui a parlé d'un château imprenable ?!

— Mais puisque…

M. Aizawa avait tenté de l'interrompre, une fois de plus sans succès, car sa voix fut vite étouffée par les commentaires.

Midnight répliqua, alanguie :

— N'importe quoi. Si tu veux mon avis, ta voix est un tantinet trop forte. Tes cris sont de vrais tue-l'amour !

— Quoi ?! hurla Present Mic. Mais plus c'est gros, mieux c'est, non ?

— Pas du tout. Le mieux, en matière de cris, c'est de se retenir. Se retenir jusqu'à n'en plus pouvoir… Et enfin, pousser un irrépressible gémissement, comme un mince filet de voix. Voilà ce qui est hot !

Numéro 13 l'interrompit, quelque peu gêné.

— Midnight, ne serait-il pas encore un peu tôt pour aborder ce genre de sujets ?

Sans doute avait-il viré au rouge, sous son costume.

— Ne sois pas si coincé, Numéro 13. Il n'y a aucune élégance dans le comportement de Present Mic, c'est surtout ça que je voulais signifier !

Cementos approuva :

— On ne peut pas te donner tort sur ce point…

Present Mic protesta :

— Et pourquoi, je vous prie ? Tell me please !

— À peine évanouis, tes otages retrouveront leurs esprits ! expliqua Cementos.

— Dans ce cas, je n'ai qu'à continuer mon live ! poursuivit le héros vocal. All Night !

Midnight l'arrêta.

— Quel bourrin ! Un tympan cassé, tu trouves ça élégant, peut-être ? En comparaison, avec mon alter, j'immobiliserais les otages facilement, mais aussi les héros qui pourraient venir à leur secours !

L'alter de Midnight se nommait « Parfum soporifique ». Les effluves émis par son corps présentaient la particularité de plonger quiconque les humait dans un profond sommeil. Selon la rumeur, les hommes étaient plus sensibles à son pouvoir que les femmes.

— Aucun blessé… Une solution pacifique, en somme ! Qu'en dites-vous ?

— « Pacifique », tu dis ? releva Ectoplasm, perplexe. Mais on parle de prise d'otages ! Quel que soit le mode opératoire, il s'agit au minimum d'un délit. Or, un délit ne peut jamais être pacifique par définition !

— D'accord, mais on peut ne pas faire de blessés ! répliqua Numéro 13.

— Tu n'es qu'un doux rêveur, rétorqua Ectoplasm. Et puis, c'est moi qui possède la faculté la plus adaptée à notre cas de figure : avec mes clones, j'ai la capacité de surveiller les otages de façon individuelle.

« Clones », l'alter d'Ectoplasm, lui conférait le pouvoir d'émettre par la bouche une matière transformable en doubles de lui-même qu'il envoyait à l'endroit souhaité. En temps normal, il pouvait créer trente clones. Mais après deux ou trois chansons au karaoké, le nombre d'ectoplasmes montait aisément à trente-six.

Eraser Head tenta une énième fois d'intervenir :

— J'en ai assez de me répéter : cette affaire est déjà…

Mais Midnight l'interrompit :

— Je ne suis pas convaincue ! Et si l'un des otages était capable de contrer ton clone ? Non, à vrai dire, j'en suis persuadée : mon alter, qui permet d'endormir tout le monde avec un traitement égalitaire, est bien le plus puissant !

— Le plus puissant, vraiment ? rétorqua Cementos, le regard acéré. Je ne serais pas si péremptoire…

Midnight rétorqua :

— Développe !

— Qui dit alter le plus puissant dit forcément All Might !

— Mais puisque je vous explique que… dit vainement M. Aizawa.

— All Might, lui, pourrait emprisonner en un clin d'œil tous les otages ! continua Cementos. Il pourrait aussi, dans le même mouvement, porter le coup fatal au héros qui serait venu les sauver !

— God ! s'écria Present Mic. Le plus puissant des super-héros est donc aussi qualifié pour devenir le super-vilain suprême !

M. Aizawa avait essayé environ un milliard de fois de s'immiscer dans la conversation animée de ses pairs qui tramaient divers scénarios. Mais toutes ses tentatives s'étaient soldées par un échec.

Bon. Ne nous fatiguons pas…

Il avait décidé de ne se préoccuper ni de ses collègues ni de leur discussion oiseuse et de se remettre à la tâche.

Dans le cas de la seconde A, les bavardages des lycéens constituaient un obstacle au travail de l'enseignant et il se voyait obligé de les faire taire. En ce qui concernait ses collègues, il pouvait très bien les ignorer.

— Allô, bonjour. Ici Shota Aizawa, le professeur principal de Katsuki…

Alors qu'il poursuivait ses appels aux parents d'élèves, la conversation s'enflammait à côté.

— All Might est le plus puissant, c'est sûr, admit Midnight. Mais toi, Cementos, que ferais-tu pour prendre en otage une assemblée d'individus ? Tu les encerclerais avec du béton ?

« Ciment », l'alter de Cementos, lui permettait de manipuler ce matériau comme de la pâte à modeler.

Il marqua une pause pour réfléchir avant de s'exprimer :

— On ne peut pas se contenter d'encercler les otages… Il faudrait plutôt les recouvrir totalement… avec un dôme en béton, par exemple ! Je cernerais ensuite par l'extérieur les héros venus à leur rescousse. (Cementos opinait du chef à mesure qu'il développait sa stratégie.) Ainsi, j'empêcherais de s'échapper aussi bien les victimes que les secours !

— C'est du délire ! rétorqua Numéro 13. Tu risques de les étouffer !

— Pas le choix ! Réaliser une prise d'otages, c'est mettre tous les moyens en œuvre pour éviter leur fuite !

— Il a raison ! approuva Ectoplasm.

— Je suis donc le seul à trouver ça un peu extrême ? bafouilla Numéro 13.

— On est du genre passif, mon petit bonhomme ? lui lança Present Mic, en passant son bras autour de son épaule.

— Moi, petit bonhomme ?! J'ai tout de même vingt-huit ans…

— Un petit homme passif alors ! Raconte-nous, comment procéderais-tu pour prendre une foule en otage ?

— Eh bien, j'utiliserais sans doute un trou noir.

« Trou Noir », l'alter de Numéro 13, lui permettait d'aspirer la matière et de la réduire en poussière.

— Wow ! Je rectifie : tu as tout du passif-agressif ! s'exclama le héros vocal.

— À quoi bon prendre des gens en otage si c'est pour les faire disparaître ? objecta Ectoplasm.

Present Mic ricanait.

— Malgré ton air tranquille, c'est finalement toi le plus sombre de l'équipe ! Hell man, you're so dark !

— Le genre de contraste dont je raffole… susurra Midnight.

— Mais vous n'avez rien compris ! bredouilla Numéro 13. Je n'avais aucune mauvaise intention !

Les bavardages allaient bon train. Shota Aizawa, lui, avait terminé ses explications et s'apprêtait à raccrocher :

— Parfait, à très bientôt.

Maintenant, au tour de Toru Hagakure…

Il avait déjà posé la main sur le combiné pour passer son prochain appel lorsque le téléphone sonna.

凹

— Allô, ici le lycée Yuei.

— Bonjour, répondit une voix féminine. J'appelle de la part de la famille Todoroki, à propos de Shoto, de la seconde A. Pourrais-je parler avec son professeur principal, M. Aizawa ?

Tout en prêtant attention à son interlocutrice, ce dernier essayait de se remémorer la composition de ladite famille.

— C'est lui-même à l'appareil. Veuillez excuser mon impolitesse, mais…

La jeune femme se corrigea.

— Oh, pardon ! Je n'ai pas été claire : je suis la grande sœur de Shoto. Enchantée de faire votre connaissance.

— Ça tombe très bien. J'ai justement tenté de joindre votre numéro un peu plus tôt…

— Désolée de n'avoir pas pu répondre. Je viens de rentrer. La réunion des professeurs a un peu tardé et…

— La réunion des professeurs ? répéta M. Aizawa, surpris d'entendre des termes aussi familiers. Oui, ça me revient… Vous êtes institutrice, n'est-ce pas ?

— Exactement ! Ça fait tout drôle de parler entre enseignants, vous ne trouvez pas ?

Shoto et Fuyumi étaient de la même famille, mais la jeune femme se montrait bien plus amicale que son frère.

Encore heureux : mieux vaut ne pas devenir instituteur si on est incapable de faire preuve d'un minimum d'amabilité…

Fuyumi se rappela soudain que le professeur avait cherché à joindre leur famille et demanda, inquiète :

— Pour revenir à notre sujet… Est-ce que Shoto se serait mal comporté ?

— Pas du tout ! Je voulais juste aborder avec vous le contenu de la journée portes ouvertes.

La grande sœur souffla, soulagée.

— Bien !

M. Aizawa se remémora l'attitude de Shoto lors de la rentrée. Un élève qui regorgeait de capacités, mais qui rejetait la compagnie de ses camarades. Ses enseignants du primaire et du collège avaient sûrement contacté ses proches à plusieurs reprises à propos de son isolement.

— Est-ce qu'un membre de votre famille serait disponible ce jour-là ?

— Oui, moi. Justement, j'aimerais vous poser une question à ce sujet…

— Je vous en prie !

— Serait-il possible de filmer cet événement ? Je ferai en sorte de ne pas déranger, je vous le promets !

Ils veulent garder un souvenir ? Je n'imaginais pas les Todoroki aussi impliqués…

Perplexe, Shota Aizawa se grattait la tête d'un geste nerveux.

— Je suis désolé, mais pour des raisons de sécurité, les enregistrements sont interdits au sein de notre établissement.

— Je comprends… dit Fuyumi, dont la voix trahissait la déception.

Le professeur enchaîna sur de brèves informations quant au déroulement de la journée et la jeune institutrice retrouva vite son humeur enjouée.

— Je vous attends donc le jour J, mademoiselle.

— Parfait ! Merci pour vos explications, monsieur Aizawa.

Ce dernier raccrocha. Il s'apprêtait à cocher le nom de Todoroki dans sa liste lorsqu'une idée lui traversa l'esprit :

Et s'il ne s'agissait pas seulement d'un simple souvenir, mais…

Ses pensées furent interrompues par les paroles retentissantes de Present Mic.

— Eh bien moi, je prendrais le contrôle des studios de télévision pour que ma voix surfe sur les ondes ! Et quand tous les spectateurs seraient évanouis, je volerais les bijoux et les cœurs de ces dames… Pas mal, non ? À qui je vous fais penser ?

Midnight avait compris.

— Tu veux imiter Arsène Lupin III ? Mais on n'est pas dans un manga ! Le niveau de sécurité d'une bijouterie est extrêmement élevé !

— Même une vitre blindée ne résisterait pas à ma Voice ! Je la réduirais en miettes.

La jeune femme ignora le héros vocal et s'adressa à ses collègues :

— Dites-moi plutôt, auriez-vous envie de connaître mes vilaines petites intentions ? Que les curieux s'agenouillent et lèchent la pointe de mes bottes !

Cementos ne se laissa pas enjôler par son sourire.

— Je passe mon tour ! répondit-il, d'une voix aussi ferme que son corps.

La sensuelle héroïne répliqua, sur un ton traînant :

— Tu es trop coincé. Retire-moi ce balai que tu as dans les fesses ! Enfin… Qu'importe, je vais tout de même me confesser : juste avant que les otages ne tombent dans les bras de Morphée, j'en profiterais pour leur soutirer des informations sur leurs points faibles, que j'utiliserais ensuite pour les faire chanter…

— Vraiment ignoble ! s'offusqua Ectoplasm.

— C'est une stratégie plutôt ordinaire, mais aussi réaliste que perverse ! analysa Numéro 13, tout en désapprouvant les plans de l'enseignante.

— Et si tu n'arrives pas à leur extorquer des infos croustillantes ? interrogea Cementos.

— Dans ce cas, il suffira de les créer. Pendant que les victimes seront plongées dans un profond sommeil, je les obligerai à se compromettre en faisant de petites bêtises avec moi...

— Quel infâme stratagème ! lâcha Ectoplasm, horrifié.

— Aussi réaliste que terrifiant ! ajouta Numéro 13.

— Pernicieuse et licencieuse... acheva Present Mic, comme Fujiko Mine, l'héroïne de *Lupin III* ! Vous voyez, on en revient là !

Eraser Head laissa traîner une oreille. Manifestement, le thème de la discussion avait évolué pendant qu'il travaillait. Chacun se vantait des divers crimes qu'il pourrait commettre avec son alter.

C'est vraiment n'importe quoi...

Shota Aizawa n'avait pas l'intention de perdre son temps avec de tels bavardages : il voulait seulement terminer sa liste d'appels, qui s'était considérablement réduite. Il fit tomber dans ses yeux quelques gouttes de collyre pour soulager sa sécheresse oculaire et corrigea sa posture avant de reprendre le combiné téléphonique.

Autour de lui, les super-héros continuaient leur boucan.

— À votre avis, pourquoi ça nous émoustille autant de parler de crime ? questionnait Midnight.

Impossible de rester insensible quand je pense à tous ces interdits…

— C'est le propre de la nature humaine, supposa Ectoplasm.

— Ce n'est pas bien ! objecta Numéro 13. Nous sommes des héros, je vous rappelle !

— Détends-toi ! lança Present Mic en lui tapotant affectueusement l'épaule. Ce n'est que du bla-bla, des fantasmes, rien de plus !

Cementos, intéressé par la tournure de la conversation, prit la parole :

— On cherche à être des super-héros depuis notre plus jeune âge. Peut-être que nous refoulons par instinct tout le mal que nous désirons commettre…

— La frustration, en voilà une merveilleuse épice pour atteindre la jouissance ! commenta Midnight. Mais on ne doit pas trop l'accumuler. Parfois, il est nécessaire d'ouvrir les vannes et de se soulager du trop-plein. Tu veux que je t'aide à évacuer, Cementos ? C'est facile, tu sais… Débarrasse-toi de ton orgueil, c'est un fardeau trop lourd à porter, et deviens mon animal domestique !

— Ça ira, merci ! répondit le héros avec un sourire forcé. Mais écoutez : il n'y a pas que des mauvais côtés à réfléchir aux mauvaises actions que nous pourrions commettre. Imaginez les applications possibles. Comprendre la psyché des super-vilains, notamment.

— Il n'a pas tort, approuva Numéro 13.

— En parlant d'ouvrir les vannes… poursuivit Present Mic. Tout le monde a déjà fait des bêtises avec son alter quand il était petit, non ? C'est du pareil au même !

— Non, moi, ça ne m'est jamais arrivé ! dit Numéro 13 en secouant la tête.

Pas très crédible…

La conversation était de nouveau fortuitement entrée dans l'oreille de M. Aizawa.

Present Mic s'exclama :

— Tu n'as jamais fait une seule bêtise depuis ta naissance ?! Tu prétends incarner l'idéal d'une nature humaine fondamentalement bonne ?!

Quand je pense que je suis d'accord avec ce type…

— Veuillez m'excuser. Nous parlions donc du déroulement de la journée…

Shota Aizawa poursuivait son travail. Malgré son air maussade, il n'avait rien laissé transparaître de son irritation dans le ton qu'il avait employé.

— Et toi, Present Mic, quel genre de bêtises as-tu commises ? demanda Numéro 13.

Après un temps de réflexion, l'intéressé répondit avec son habituel aplomb :

— Une fois, pendant la pause, je me suis lancé dans une battle de rap en choisissant comme adversaire un pote qui faisait tranquillement la sieste !

Numéro 13 le tança sévèrement :

— Se réveiller soudainement au son de ta voix ?! Il y a de quoi faire une crise cardiaque !

— Et quand je le surprenais à piquer du nez, je lui susurrais à l'oreille des histoires de fantômes avec plein de détails réalistes.

— Je plains ton pauvre ami… déplora Midnight.

— Mais en fait, tu parles de moi, là ! s'exclama Eraser Head.

Le professeur principal de la seconde A, qui ne pouvait plus ignorer la tournure prise par ces bavardages, avait posé le combiné pour apostropher son ancien camarade de classe. Present Mic se retourna.

— Ah oui, c'est vrai, my friend ! Je suis désolé ! Mais de l'eau a coulé sous les ponts, depuis ! Balançons ces déplorables histoires dans le trou sans fond du passé et tirons la chasse !

— Tu compares tes méfaits à des excréments ?

Dire qu'on allait ensemble au lycée… Encore un souvenir qu'on pourrait tout aussi bien envoyer dans les égouts ! pensa M. Aizawa.

Le regard suppliant, Present Mic tentait de s'excuser auprès de son collègue. Mais celui-ci l'ignora pour reprendre sa conversation téléphonique :

— Allô, madame Midoriya ? Pardonnez-moi pour cette interruption. Je voulais donc ajouter…

Le héros vocal, qui avait déjà oublié tout sentiment de culpabilité, relança la discussion :

— Et toi, Midnight, quelle est la plus grande bêtise que tu as commise, enfant ? Même petite, tu étais portée sur les histoires interdites aux moins de dix-huit ans ?

— Plus d'anecdotes licencieuses, s'il vous plaît ! ordonna Ectoplasm.

La jeune femme protesta :

— Mais pour qui vous me prenez ? J'étais une fillette adorable. Mais j'ai fait des bêtises, je le confesse. Par exemple, lorsque j'ai joué au docteur avec mon premier amour…

— Ah ! s'exclama Present Mic, tout émoustillé. Tu as ausculté son corps avec un stéthoscope ?

— Je laisse ton imagination recréer la scène… susurra Midnight, un sourire coquin aux lèvres. Mais le jeu du docteur a mal tourné, et on a fini par jouer au chirurgien…

— Tu l'as opéré ?!

La crispation était perceptible sur le visage des super-héros, tous de genre masculin.

Midnight insista, espiègle.

— À vous d'imaginer la scène ! Mais depuis, je me demande… cet incident aurait-il influencé les préférences de mon ami ? Je ne l'ai jamais vu sortir avec une fille : il est exclusivement homosexuel.

— Mais qu'est-ce que tu lui as fait ? Pourquoi ?! s'écria Present Mic, les mains entre les jambes, comme pour protéger ses bijoux de famille.

La sulfureuse héroïne esquissa un vague sourire, un souvenir lointain semblait avoir surgi dans sa mémoire. Elle murmura :

— La stimulation a sans doute été un peu exagérée pour lui…

— N'essaie pas d'enjoliver tes actes ! lui reprocha le héros vocal. Tu es d'accord avec moi, Numéro 13 ?

— Mais tout ça n'a rien à voir avec l'alter ! Il s'agit juste d'une bêtise ! objecta ce dernier.

— Effectivement, concéda Midnight, mais qu'importe ? Et vous, racontez-moi ! Un héros comme Ectoplasm, par exemple, doit avoir bien des choses à dire…

L'homme au crâne noir réagit :

— Utiliser son alter pour faire des bêtises, moi ? Jamais ! Enfin… une seule fois dans ma vie, j'ai failli…

La faute d'Ectoplasm semblait si lourde à porter que les enseignants demeurèrent suspendus à ses lèvres.

— Tu vas nous confesser tes péchés ? gloussa Present Mic. Que c'est excitant ! Ne t'inquiète pas, notre imagination reconstituera la scène en exerçant la censure adéquate !

Numéro 13 commenta :

— Je n'arriverai pas à imaginer les péchés d'Ectoplasm, lui qui est si droit…

— Et pourtant, une faute est une faute, déplora l'intéressé. Et je souhaite exercer mon droit au silence.

— Tu ne peux pas nous faire languir comme ça ! vociféra Present Mic. On n'en peut plus !

— C'est vrai ! Raconte !

Ectoplasm restait retranché dans son mutisme, en vertu de son fameux droit au silence.

Present Mic insista :

— Hey ! Tu ne peux pas nous faire ça après en avoir dit autant ! Le public est là, ne l'abandonne pas !

— J'invoque le droit à l'oubli… lança Ectoplasm, qui regrettait son bref épanchement.

— Allons, allons… tenta Cementos. Parfois, on sort d'une confession le cœur léger ! En tant que collègues, nous serions heureux de pouvoir t'aider dans cette démarche.

Son regard plein de sollicitude finit par convaincre le héros au crâne noir.

— Ça s'est passé lorsque j'étais à l'école primaire… commença-t-il.

Present Mic, les yeux brillants, déglutit.

Finalement, il ne lui aura pas fallu beaucoup de temps pour tout déballer… songeait M. Aizawa en tapotant le numéro de téléphone suivant.

— Allô, c'est bien Mme Mineta ? Bonjour, je suis le professeur principal de Minoru. Je voulais vous parler de la journée portes ouvertes…

Il avait adopté un rythme qu'il jugeait tout à fait rationnel : une pensée acerbe entre deux appels et hop, il revenait à son travail, tout cela avec régularité. Ectoplasm, ne pouvant deviner les critiques secrètes d'Eraser Head, entrouvrit sa bouche qui, un instant plus tôt, paraissait scellée à jamais.

— C'était un matin. Mon corps était demeuré longuement dans son réceptacle de repos. Pourtant, le temps s'était écoulé à la vitesse de la lumière…

— Mais qu'est-ce que ça signifie ? demanda Present Mic en inclinant la tête.

— Probablement qu'il s'était réveillé en retard, dit Cementos.

— J'étais désespéré, poursuivit Ectoplasm. Mais je ne baissai pas les bras. Et alors que je me dirigeais vers le temple du savoir, une sonnerie impitoyable retentit. En définitive, j'envoyai mon clone dans la salle de classe…

Present Mic en déduisit :

— Tu étais sur le point d'arriver à la bourre à l'école et tu as utilisé ton clone ?

— Mon Dieu… Même si je ne faisais ça que pour recevoir le prix d'assiduité, j'ai péché !

Les héros échangèrent un regard. La confession d'Ectoplasm avait refroidi l'ambiance. Tous poussèrent un profond soupir.

— Quelle déception ! se lamenta Present Mic. Tu semblais avoir mis la barre si haut ! Tout ça pour passer largement en dessous ! Et qu'est-ce que c'est que cette histoire de prix d'assiduité ?

— Comme tu parlais de faute, je me suis imaginé une affaire grave, ajouta Numéro 13. Un gros scandale ou un mélodrame !

— Mais c'est vous qui auriez dû brider votre imagination ! De mon côté, je n'ai fait que raconter la vérité.

Ectoplasm était-il vexé par la réaction de ses collègues ? Il paraissait en tout cas irrité.

Toutefois, son histoire eut au moins le mérite de raviver les souvenirs de Numéro 13 :

— Si c'est le genre d'anecdote qui vous intéresse, j'ai ce qu'il faut en stock ! J'ai un peu honte, mais une fois j'ai fait pipi au lit et j'ai aspiré mes draps avec Trou Noir pour détruire toutes les preuves.

— Wow ! s'écria Present Mic. C'est hyper utile ! Si seulement j'avais pu utiliser la même combine…

Numéro 13 baissa le ton, un peu piteux.

— Oh, vous savez, mon secret n'a pas été gardé bien longtemps et on m'a flanqué un sacré savon !

— Pipi au lit… Comme c'est mignon, commenta le héros de béton.

— Et toi, Cementos, ça t'est déjà arrivé de faire des bêtises ?

— Moi ? Eh bien non. Enfin, pas grand-chose. Une fois, alors que je jouais à cache-cache, j'étais sur le point d'être découvert et j'ai construit un mur. Bref, j'ai triché. En tout cas, c'est la seule bêtise que je puisse confesser.

Les autres héros restèrent interdits devant son sourire figé.

Numéro 13 risqua :

— Il y a donc des secrets que tu ne veux pas révéler ?

Present Mic le coupa :

— Mieux vaut ne pas le savoir ! Les plus cinglés sont ceux qui ont l'air le plus réglo, mon grand-père l'a toujours dit !

— Je me suis prêté au jeu, maintenant c'est à ton tour ! ordonna Ectoplasm.

— Tu as piqué ma curiosité, à moi aussi, murmura Midnight. C'est tellement délicieux de lever le voile sur un secret…

Numéro 13 et Present Mic étaient terrifiés, mais Ectoplasm et la jeune femme se pressaient vers Cementos. Celui-ci s'esclaffa :

— Ne faites pas ces têtes d'enterrement ! C'était pour rigoler !

— Vraiment ? couina Numéro 13. Ça faisait surtout peur !

Ectoplasm manifesta son agacement :

— Une plaisanterie qui ne fait pas rire, je n'appelle pas ça de l'humour !

— Avec tes blagues, Cementos, on frôle la crise cardiaque ! ajouta Present Mic.

— Vous m'en excuserez, et tu salueras ton grand-père de ma part, Hizashi !

— Mon petit chou serait-il vexé ? demanda Midnight.

— Aux toilettes, et tirez la chasse d'eau ! Balancez tout !

Ils vont finir par les boucher, ces W.-C...

— Bien, vous connaissez donc tous les détails. À très bientôt !

Le professeur principal raccrocha et cocha le nom de Yaoyorozu, concluant ainsi sa liste d'appels.

Il poussa un soupir. Une vague lassitude accompagnait ce sentiment d'accomplissement. Alentour, ses collègues ne se préoccupaient guère de lui et leurs bavardages se prolongeaient.

Comment peut-on parler aussi longtemps pour ne rien dire ?

— Et si on associait nos alters ? proposa Present Mic. On constituerait un gang de vilains super puissants, vous ne croyez pas ?! On commettrait des crimes à la pelle !

À cet instant, une voix s'éleva du sol.

— Dites donc, on s'amuse bien, ici !

— Monsieur le proviseur !

Personne n'avait vu entrer Nezu, le directeur de l'établissement, mais il se trouvait bel et bien là, avec All Might sur ses talons.

Le proviseur ressemblait à un animal étrange entre la souris, le chien et l'ours. Il était tout petit : sa tête arrivait à peu près à la hauteur du genou d'All Might. Ses grandes chaussures et son gilet un peu vieillot assorti à son pantalon lui donnaient l'allure d'une adorable peluche.

— Vous parliez de « commettre des crimes à la pelle » ? De quoi était-il question ?

La cicatrice sur son œil droit contrastait avec son physique d'animal mignon et lui conférait une aura étrange. Elle trahissait un caractère déterminé, sans doute marqué par un passé difficile.

Present Mic et ses collègues balbutièrent des justifications :

— Mais non, monsieur, vous vous méprenez ! On parlait du fameux événement…

— On se demandait quel serait le meilleur alter pour la prise d'otages et on s'est perdus en considérations techniques.

— Oh, je vois, dit le proviseur en hochant la tête.

— Et vous, monsieur, que feriez-vous ? demanda Midnight.

Nezu réfléchit en se caressant le menton.

— Voyons… (Il desserra les lèvres, après une courte pause.) Je commencerais par concevoir un immense labyrinthe.

— Et pourquoi donc ?

— C'est très simple : en général, les criminels prennent des otages avec un objectif particulier, à savoir faciliter leur fuite, obtenir quelque chose, attirer l'attention du public… Les motifs sont aussi nombreux que les malfaiteurs. Quant à moi, si j'étais un super-vilain, j'agirais dans un cadre expérimental.

— Comment ça ?

— Eh bien, je placerais mes otages à l'extrémité d'un labyrinthe géant. À l'autre bout, le héros qui accourrait à leur secours serait forcé de passer par ce dédale. Bien sûr, l'expérience aurait lieu dans un temps limité : si le héros ne parvient pas à la sortie dans le délai imparti, il ne pourra pas sauver les otages. Par ailleurs, un simple labyrinthe serait trop ennuyeux. J'ajouterais une clôture électrique, quelques pièges, et pourquoi pas des murs mobiles, pour augmenter drastiquement la difficulté. Enfin, je placerais des portes closes sur le parcours, et il faudrait résoudre des énigmes très compliquées pour les ouvrir…

L'alter du proviseur, dont il usait en ce moment même, se dénommait « Haute Perf » – Nezu constituait un cas exceptionnel d'animal à avoir manifesté un alter.

— Je détruirais peut-être aussi les allées, une fois parcourues par le héros. Une métaphore de la vie en somme, puisqu'on ne peut jamais revenir sur ses pas… Ho ho ho ! Voyons voir ! Combien de rats réussiraient à aller jusqu'au bout du dédale dans un temps donné ?

Se rappelait-il son passé, le martyre imposé par des êtres humains malfaisants ? Son rire saccadé, lourd de sous-entendus, pétrifia les professeurs.

— Bon sang… commenta Present Mic. C'est fort de café… C'est un expresso hyper concentré !

— Monsieur le proviseur ! l'interpella All Might. Vous avez terrifié votre audience, j'en ai bien peur.

Nezu s'excusa et recouvra son attitude habituelle.

— Oups ! J'ai sans doute un peu exagéré… Les super-héros doivent toujours franchir des murs. Toujours plus loin, plus ultra ! D'où la proposition de labyrinthe ! (Le proviseur s'interrompit.) Tiens, tiens… C'est déjà l'heure de rentrer ?

M. Aizawa avait préparé ses affaires dans la plus grande discrétion et se levait pour partir.

— Tout à fait. J'ai terminé mon travail et…

— Pardon ?! hurla Present Mic. C'est une blague ? Tu penses nous quitter à la sauvette alors qu'on n'a pas tranché ? Donc, comment on va procéder pour prendre en otage une foule ? Avec mon alter, n'est-ce pas ?

— Mais non, le mien est plus adapté ! dit Midnight.

— Non, c'est le mien ! rétorqua Ectoplasm.

— Chers amis, et si nous choisissions l'option la plus sûre ? proposa Numéro 13.

— Nous pourrions peut-être coopérer tous ensemble ? poursuivit Cementos.

Le héros vocal acquiesça :

— Excellente idée !

All Might était perplexe :

— De quoi parlez-vous ? Tout est déjà décidé pour ce fameux événement, non ? Shota ?

— Tout à fait ! répondit ce dernier comme si de rien n'était.

— Comment ça ?!

Les autres héros étaient stupéfaits.

— Tu rigoles, j'espère ? lui lança Present Mic. Tu aurais pu nous le dire plus tôt !

— Vous avez discuté de votre côté sans rien me demander. Bon, j'y vais.

Alors qu'il quittait la salle des professeurs, il percevait derrière son dos les plaintes de ses collègues.

Present Mic râlait :

— Et nous qui avions pourtant trouvé d'excellentes idées !

Eraser Head jeta un œil à l'extérieur, à travers la fenêtre. La nuit était déjà tombée.

Aux derniers échos du brouhaha interminable, il se dit :

Ils me rappellent mes élèves avant un cours…

Le matin, lorsqu'il s'apprêtait à entrer dans la salle de classe, il entendait systématiquement les bavardages animés de ses élèves.

Du point de vue du professeur principal, ce vacarme était inutile. S'échauffer pour des histoires futiles revenait à gaspiller son temps et son énergie, ce n'était pas rationnel.

Mais M. Aizawa n'imposait jamais ses convictions aux autres. Il faisait avancer ses cours de façon scrupuleusement raisonnée, mais il n'était pas totalitaire au point de déborder sur les récréations. De toute manière, imposer ses valeurs à autrui n'était pas rationnel non plus.

Je me demande quand même ce qui peut les amuser autant…

Ces lycéens qui s'enflammaient dans des discussions à bâtons rompus étaient les mêmes qui désespéraient à la première difficulté.

Rien n'est plus irrationnel que la jeunesse.

En quête de réponses, les adolescents foncent la tête baissée dans toutes les directions et, dans cette poursuite absurde, osent clamer ne pas chercher de solution alors qu'ils en éprouvent un besoin absolu.

Ils investissent une énergie et un temps colossaux jusqu'à ce qu'ils tombent finalement sur une explication à peu près satisfaisante.

Ils sont sans doute obligés de passer par cette phase d'errements – au premier abord inutile – afin de parvenir à leurs propres conclusions…

Shota Aizawa visualisait les visages de ses élèves si jeunes, si naïfs, mais dont le potentiel était sans limite, presque absurde…

Une chose est sûre en tout cas : ça vaut le coup d'être prof…

Son visage se détendit derrière son écharpe – une arme spéciale qui lui permettait d'attraper et de ligoter ses ennemis – et ses lèvres formèrent un sourire presque imperceptible, au point qu'il ne s'en rendit pas compte lui-même.

Autour de lui, tout n'était qu'anarchie.

Ainsi, il en était persuadé, il devait, lui au moins, vivre de façon rationnelle.

Chap. 4
Panique au parc d'attractions

— Dis-moi, Izuku, lequel tu préfères ?!

C'était enfin dimanche, et l'adolescent s'apprêtait à se rendre à la rétrospective super-héros attendue avec tant d'impatience.

Mais sa mère se tenait pour l'instant devant sa chambre avec deux tailleurs : l'un bleu marine, l'autre rose. Incertaine, elle rapprochait tour à tour les cintres respectifs des deux tenues près de son corps pour évaluer le résultat.

— Où est-ce que tu vas comme ça ? demanda Izuku.

— Enfin, rappelle-toi ! (Sur le visage de sa mère, toute trace d'hésitation s'était dissipée.) Demain, c'est ta journée portes ouvertes ! Alors, à ton avis, quel tailleur dois-je porter ?

Elle avait posé cette question avec une gravité extrême. Izuku lui adressa un sourire embarrassé.

Demander à un lycéen des conseils sur les tailleurs féminins, quelle drôle d'idée ! D'autant plus qu'il ne pouvait se permettre de lancer un insouciant « N'importe lequel ! », car ce n'était pas le genre de réponse attendue.

Devant la mine sérieuse de sa mère, il eut un temps de flottement avant de s'engager :

— Celui-ci ?

Son moment de réflexion ne l'avait mené à rien, il avait simplement décidé de pointer au hasard le modèle bleu marine.

— Je ne sais pas… C'est un peu sombre, tu ne crois pas ?

— Alors l'autre, peut-être ?

Mme Midoriya s'interrogeait.

— Mais ce n'est plus de mon âge de porter du rose, si ? Ça ira, tu penses ?

Il la rassura :

— Bien sûr ! Ça t'ira à ravir ! Euh, maman, je dois partir…

— Tu as sans doute raison… murmura-t-elle en emportant le tailleur rose vers la salle de bains.

Elle voulait examiner son reflet dans la glace. Izuku profita de cet instant pour filer vers la porte mais elle ne lui laissa pas le loisir de s'éclipser et se précipita vers l'entrée pour le héler :

— Izuku… Le rose, ça me boudine un peu, tu ne trouves pas ?

Petite femme potelée, Mme Midoriya était sans doute mal à l'aise avec l'image que lui renvoyait le miroir.

— Si ça te chiffonne autant, tu devrais peut-être choisir le bleu marine ? répondit Izuku tout en enfilant ses grandes chaussures rouges.

— Tu as raison, approuva-t-elle finalement en comparant les deux tenues. Et puis le bleu marine est moins sal…

— Sale ? répéta Izuku en se retournant vers sa mère.

Surprise, elle plaqua aussitôt ses mains sur sa bouche, comme si elle en avait trop dit.

Izuku, perplexe, prit un air interrogateur.

— Ton tailleur rose, il était sale ?

— Mais non, voyons ! Comment t'expliquer… Une visite de l'ensemble du site de Yuei est prévue, y compris le fameux SCA – c'est bien comme ça qu'on l'appelle ? J'ai peur de trébucher et le bleu marine, c'est moins salissant… (Son explication était entrecoupée d'un rire forcé. Elle peinait visiblement à cacher son trouble.) Allez, tu dois sortir, non ?

— Euh… si…

— Et pour midi, ça ira ?

— Je vais me débrouiller. Je rentrerai en début de soirée ! À plus tard, maman !

— À ce soir ! Sois prudent !

Il quitta l'appartement et partit au pas de course sous le regard bienveillant de sa mère. Les Midoriya habitaient au dernier étage d'un immeuble plutôt ordinaire. Izuku dévala les escaliers, tout excité par le programme de la journée mais tout de même tracassé par la vague impression que sa mère lui avait laissée : il avait trouvé son comportement un peu étrange.

Cependant, dès qu'il se trouva à l'extérieur, sous un ciel bleu éclatant où flottaient de légers nuages, ses interrogations se dissipèrent.

Le quartier où il résidait était tout à fait quelconque : quelqu'un de la capitale s'y croyait à la campagne ; et pour quelqu'un de la campagne, il avait tout de la capitale.

Il emprunta le chemin habituel pour se rendre à la gare, un large sourire aux lèvres.

J'ai trop hâte de retrouver les super-héros de la vieille époque !

En ce temps-là, ses idoles n'étaient pas encore institutionnalisées. La criminalité avait explosé avec l'apparition des alters et, face à cette crise, des hommes et des femmes s'étaient soulevés pour protéger la population. Ces figures emblématiques attendaient Izuku au sein de la rétrospective.

Si ces héros n'avaient pas existé, le monde dans lequel nous vivons serait sans doute différent...

L'intérêt de l'adolescent pour ce temps héroïque désormais révolu était tel qu'il avait tout de suite jugé indispensable de se rendre à cet événement, même s'il avait dû pour cela refuser l'invitation au parc d'attractions.

Tenya, je suis désolé... s'excusa intérieurement Izuku.

Autrefois, des individus s'étaient spontanément dressés pour sauver autrui, et cette révolution avait toujours empli Izuku d'enthousiasme. Pour lui, le désir de devenir un super-héros à l'image de ces illustres personnages était aussi naturel que de respirer.

Mais bien sûr, mon favori restera toujours All Might !

Et dire qu'il était parvenu à le rencontrer ! Et même plus : il avait hérité de son alter, cet alter après lequel il avait tant soupiré du temps où il en était dépourvu.

Izuku se savait donc extrêmement chanceux.

Faire des efforts, se démener jusqu'à la limite du supportable, c'était le minimum qu'il puisse faire en échange.

Il brûlait d'acquérir la maîtrise totale du pouvoir qu'on lui avait légué.

— Allez, courage ! s'exclama-t-il, en tournant à vive allure à une intersection.

Lorsqu'il débordait de joie, il avait tendance à penser tout haut.

— Qu'est-ce qu'il raconte encore celui-là ? lança une voix acerbe.

— Katchan ?

— Casse-toi ! Dégage de mon chemin !

Izuku était tombé sur Katsuki Bakugo.

Le garçon qui s'était toujours moqué de lui depuis leur plus tendre enfance, depuis leurs premiers jeux. Tandis qu'ils grandissaient, ces moqueries avaient pris des proportions exagérées, jusqu'à frôler la maltraitance. Ces derniers temps, Katsuki s'était adouci, il se montrait moins provocateur. Mais le malaise d'Izuku à son encontre ne pouvait pas se dissiper si vite. Il était trop ancien.

— Désolé…

Katsuki l'ignora et le dépassa au pas de course.

Il ne change pas…

Izuku poussa un soupir et poursuivit son chemin dans la calme zone résidentielle.

Ah oui… Je ne dois pas oublier de passer par la supérette avant de monter dans le train. En ce moment, une figurine d'All Might est offerte en bonus pour l'achat d'un jus de fruits. Il ne m'en manque plus qu'une pour compléter ma collection, mais elle a l'air super rare… Le « symbole de la paix » version âge d'argent…

— Et je ne dois surtout pas oublier d'acheter le dernier numéro du magazine *Super-héros* ! poursuivit Izuku. Je ne peux rater sous aucun prétexte ce « spécial All Might » ! Son interview devrait être illustrée de nombreuses photos inédites prises dans le feu de l'action. J'ai trop hâte ! Et si je me souviens bien, à la fin du mois, une édition revue et augmentée de l'*Encyclopédie des super-héros* va sortir. Est-ce que j'aurai assez d'argent pour me l'acheter ? Hmm… Je devrais peut-être économiser sur mes déjeuners… D'un autre côté, je ne peux pas me permettre de sacrifier mon apport en protéines…

— Arrête de marmonner dans mon dos ! cria Katsuki. Tu m'énerves !

Le tic qu'avait Izuku de penser tout haut agaçait

prodigieusement son camarade de classe. Il l'empoigna par le col :

— Et puis d'abord, arrête de marcher derrière moi ! Tu me colles aux basques ou quoi ?

Izuku se justifia :

— Mais non, pas du tout ! Je pensais juste aller à la supérette et…

— C'est moi qui pensais y aller ! rétorqua Katsuki, en le relâchant. Toi, t'as qu'à y passer plus tard !

Les deux adolescents reprirent leur chemin.

C'est n'importe quoi !

Chercher à le raisonner était inutile, et Izuku le savait. Le tempérament de son camarade était bien trop excessif. Résigné à faire ses courses à l'autre supérette, celle de la gare, il poussa un long soupir et se remit à avancer.

À peine avait-il fait quelques pas…

— Mais tu te fiches de moi ?!

Katsuki s'était rendu compte qu'Izuku continuait de le suivre et s'était retourné, bouillonnant de rage.

— Je vais à la gare ! Et c'est ce chemin-là le plus court !

— Ça m'est égal, fais un détour ! Et ne marche ni devant ni derrière moi.

Ni devant ni derrière... J'ai le droit de marcher à côté de lui, peut-être ?

Izuku divaguait. Un frisson lui parcourut l'échine.

Retenons-nous jusqu'à la supérette. Allez, courage...

Mais il se trouvait encore loin de sa destination et le trajet s'annonçait fort désagréable. Katsuki, avec son pas lourd, faisait trembler le sol comme un éléphant. Izuku suivait, le regard fixé sur le dos de son camarade de classe. Il se souvint :

Quand on était petits, je marchais souvent derrière Katchan...

Depuis leur plus tendre enfance, ce dernier était un chef de bande plein d'assurance, un meneur qui marchait toujours à la tête du groupe. Et Izuku, qui admirait aveuglément son pouvoir, était ravi de le suivre.

Comment en est-on arrivés là ? se demanda-t-il, en secouant la tête de droite à gauche.

Puis ses pensées changèrent de direction.

Je dois rédiger ma lettre de remerciements... J'éprouve bien sûr de la gratitude envers ma mère, mais quand il s'agit de la témoigner par écrit... Que faire ? Ça me semble si compliqué... S'il y a bien un sujet à aborder dans cette lettre, c'est l'inquiétude constante que je lui ai donnée…

Izuku avait été très meurtri d'être né sans alter. Et même si cette douleur n'avait rien changé à sa condition, il n'avait pas pu la refouler.

Peut-être que maman en a encore plus souffert que moi…

Le souvenir de la jeune femme en train de s'excuser auprès de lui, les yeux débordants de larmes, lui revint à l'esprit.

Pourtant, ce n'était pas de sa faute…

Il avait l'impression de voir peu à peu se préciser le contenu du message. Alors, sans réfléchir, il adressa la parole à Katsuki.

— Au fait, Katchan, tu l'as déjà écrite ? La lettre de la journée portes ouvertes…

— Tu crois vraiment que je vais pondre un truc qui va me ficher la honte ?

Il avait donc imaginé des phrases potentiellement gênantes ?

Katsuki le menaça aussitôt, le visage déformé par la colère.

— C'est quoi ce petit sourire moqueur ?!

Izuku se dépêcha de se rattraper :

— Mais non ! Tu te fais des idées… Alors, comment tu vas te débrouiller pour la lettre ? C'est demain…

— Je m'en fiche ! J'écrirai n'importe quoi ! Par exemple : « Tu as bien de la chance de m'avoir enfanté… »

— Mais là, c'est comme si c'était ta mère qui devait te témoigner de la gratitude !

L'observation d'Izuku avait rendu Katsuki encore plus furieux. Il fit jaillir une explosion de sa paume.

— C'est à moi que tu parles, sale nerd ? Et si tu la bouclais ?

— Oh là là ! Désolé, je ne voulais pas te vexer !

Au moment même où Izuku se hâtait vers la gare, Tenya Iida était aux anges. Il portait un serre-tête avec des oreilles de lapin et poussa un long soupir de bien-être avant de s'écrier, les yeux levés vers le grand ciel bleu :

— C'est une journée parfaite pour le parc d'attractions ! N'est-ce pas, les amis ?

À ses côtés marchaient Minoru, Denki et Fumikage, coiffés respectivement d'oreilles d'éléphant, d'ours et de singe.

Grâce aux billets envoyés par Redskin, les quatre élèves passaient la journée à Zoo Dreamland, un parc d'attractions qui proposait une immersion dans le monde animal et mettait notamment en scène d'oniriques forêts et de fantasmagoriques savanes. Il était très populaire auprès des jeunes enfants comme des personnes âgées.

Ce dimanche-là, une foule familiale et joyeuse se pressait dans les allées. La majorité des visiteurs portaient, à l'instar de Tenya et de ses compagnons, des serre-tête en forme d'oreilles d'animaux.

Comme Izuku et Shoto ne pouvaient pas se joindre à lui, Tenya s'était demandé ce qu'il allait faire des invitations. Il avait alors croisé Minoru et Denki et leur avait proposé de l'accompagner. Le duo avait accepté d'emblée, avant de se creuser la tête pour trouver un quatrième visiteur. C'est à ce moment-là que Fumikage avait fait son apparition, montrant de façon surprenante un intérêt pour cette sortie.

— Tenya, s'enquit ce dernier, est-ce qu'on est forcés de porter cet accessoire ?

C'était la première fois qu'il se rendait dans un parc d'attractions, et il avait docilement accepté le serre-tête.

— Ce n'est pas obligatoire, bien sûr ! répondit Tenya avec aplomb. Mais on est à Zoo Dreamland, on se doit de s'imprégner de l'ambiance pour en profiter au maximum ! Maintenant qu'on a fait un pas dans ce monde de rêve, on fait partie de ses habitants. D'ailleurs, regardez : tous les gens autour de nous en portent un !

Les doigts crispés sur son serre-tête, Fumikage écoutait le délégué de classe débiter l'un de ses habituels discours. Comme il avait une tête d'oiseau, les oreilles de singe n'étaient pas vraiment en harmonie avec son apparence… Une situation qu'il semblait vivre difficilement.

Mais Tenya faisait toujours preuve de sérieux, quoi qu'il arrive. C'est avec sérieux, donc, qu'il avait l'intention de profiter de ce parc.

Son interlocuteur finit par plier devant l'enthousiasme débordant du délégué.

— Je vois… C'est normal, alors…

Quant à Denki, qui venait d'apercevoir des jeunes filles avec des oreilles de lapin, il s'exclama, tout excité :

— C'est clairement une question d'ambiance ! Et puis, les nanas coiffées comme ça, c'est trop mignon ! J'avoue, je suis fan des oreilles de lapin.

— Mais qu'est-ce que tu racontes ? s'indigna Minoru, au grand étonnement de ses camarades. S'il s'agissait seulement d'être mignon, des peluches pourraient très bien faire l'affaire ! Il manque ici une caractéristique de la plus haute importance !

— Ah oui ? l'interrogea Denki. Et quoi donc ?

L'adolescent serra les poings pour se montrer plus convaincant dans son argumentaire.

— Eh bien, qui dit oreilles de lapin dit obligatoirement « bunny girl » : une demoiselle avec une poitrine généreuse, prête à déborder d'un justaucorps échancré avec un angle bien plongeant, et des collants résille ! Pourquoi est-ce que cet endroit ne propose pas le vrai fantasme des hommes ? Ça s'appelle pourtant « Dreamland », le pays des rêves !

Tenya le coupa :

— N'importe quoi, tu divagues ! Ce genre de filles ne vit ni dans la forêt ni dans la savane !

— Qu'est-ce que tu en sais ? Et si une bunny girl de Kabukicho[1], embobinée par des malfrats, avait fini dans la savane ? La probabilité n'est pas nulle, figure-toi ! Notre imagination doit aller toujours plus loin… plus ultra !

La lubricité de Minoru atteignait le degré « plus ultra ». Mais, face à elle, le sérieux de Tenya était du même niveau.

— Pourquoi les malfrats abandonneraient-ils cette jeune fille dans la savane ? Pour mémoire, la savane est une prairie des régions chaudes qu'on trouve en Afrique et en Amérique. Je ne vois pas quel profit en tireraient tes bandits.

— Il n'est pas question de profit mais de probabilités, pour une bunny girl, de se retrouver dans la savane. Et puis, il pourrait très bien y avoir un Kabukicho en Afrique !

— Il existerait un lieu du nom de Kabukicho en Afrique ? C'est ça que tu veux dire ?

— Mais non ! Je te parlais juste d'un quartier des plaisirs !

Denki s'interposa :

— Vous allez arrêter avec vos histoires ? On est

---

[1]. Le quartier des plaisirs de Tokyo.

dans un parc d'attractions familial en pleine journée, je vous rappelle !

Les quatre lycéens regardèrent autour d'eux. On les observait à distance. Ils avaient malgré eux attiré l'attention du public.

— Mesdames et messieurs, nous sommes désolés ! se hâta de lancer Tenya. Nous avons dérangé un moment serein que vous partagiez, je vous demande d'accepter nos excuses les plus sincères.

Les visiteurs répondirent par un sourire forcé au laïus du délégué, mais le petit attroupement autour des quatre lycéens se dissipa bien vite.

Tenya, qui avait baissé la tête en signe de contrition, prit une nouvelle résolution.

— Les amis, ça ne peut plus durer comme ça ! On est dorénavant des habitants de Zoo Dreamland… On doit tout oublier du monde réel et savourer au maximum cette journée ! Par où commencer ? C'est une occasion si particulière, je vous propose de procéder méthodiquement afin de profiter de toutes les attractions !

Il déplia la carte du parc. Pendant qu'il s'attelait à planifier leur visite, Minoru et Denki échangèrent un regard éloquent.

Les deux compères opinèrent discrètement du chef.

— Au départ, la zone « Jungle »... déclara Tenya.

— Au fait, délégué ! l'interpella Denki. Minoru et moi, on voudrait aller voir une attraction...

— Un spectacle de super-héros, dans la zone « Savane », poursuivit son complice. Ça ne va plus tarder !

— Dans ce cas, on pourrait se rendre là-bas en premier...

Un peu dubitatif quant à l'existence d'un tel événement, le délégué était toutefois déjà en train de réfléchir à un plan pour commencer leur parcours par la zone Savane. Minoru et Denki secouèrent la tête énergiquement.

— Non ! dit Denki. Pas la peine de vous tracasser pour nous ! On n'a qu'à se séparer !

— Denki et moi, on part de notre côté... Vous deux, vous n'avez qu'à faire comme vous le sentez ! précisa Minoru.

Les sourires de Denki et de Minoru étaient trop radieux pour être honnêtes.

Tenya prit un air suspicieux.

— Puisqu'on est venus tous ensemble, on devrait rester groupés…

— Mais non ! s'exclama Denki. Si vous restez avec nous, vous ne pourrez pas tout voir. Ce serait quand même dommage ! D'ailleurs, Fumikage, toi qui voulais goûter la tarte aux pommes, tu n'as pas peur de la rupture de stock ?

— Ce serait très décevant, en effet, murmura le garçon à tête d'oiseau.

Si Fumikage avait tenu à les accompagner, c'était en grande partie pour cette fameuse pâtisserie, spécialité de la saison chez Zoo Dreamland. Car il adorait les pommes.

— Je vois, c'est un problème, concéda Tenya.

— Je ne voudrais rater ça pour rien au monde.

Minoru et Denki en profitèrent pour clore le débat.

— Donc on se retrouve à midi, d'accord ? lança Denki.

— O.K., on fait comme ça ! approuva Minoru.

Et les deux canailles s'enfuirent à toutes jambes.

— Ils sont bien pressés d'aller voir leur spectacle, commenta Tenya.

— Je me demande quel super-héros est présent, ajouta Fumikage.

— Aucune idée ! Je n'avais même pas entendu parler de cette attraction.

Tenya regardait s'éloigner les deux compères. Il revint soudain à Fumikage.

— J'allais oublier : la tarte aux pommes ! Voyons où on peut la trouver… Ah ! Ici, dans la pâtisserie de la zone « Forêt ».

— Allons-y !

Après un repérage sur la carte, les deux camarades se dirigèrent vers l'enseigne.

Guidés par Tenya qui semblait déjà un habitué des lieux, ils arrivèrent bientôt à la boutique.

Ils commandèrent la fameuse tarte avec des boissons et s'assirent dehors à une table pour déguster leurs gâteaux.

Tenya semblait conquis :

— C'est vraiment très bon !

— C'est vrai. L'acidité de la pomme donne une note de fraîcheur tandis que la cannelle fait ressortir sa douceur. En bouche, le croustillant de la pâte feuilletée crée une belle harmonie avec le moelleux des fruits délicatement mijotés… Délicieux !

Fumikage ferma les yeux et baissa la tête pour s'imprégner en profondeur des sensations procurées par la nourriture. Il s'en délectait, picorant avec son bec. Constatant la ferveur avec laquelle son ami goûtait la pâtisserie, Tenya la trouva encore meilleure.

— On recommandera la tarte à Minoru et à Denki tout à l'heure. C'est la première fois que j'en mange une aussi délicieuse ! Mais au fait, j'ignorais ta passion pour les pommes. D'ailleurs, ça m'étonne…

— Comme dit l'adage, une pomme par jour éloigne le médecin pour toujours ! C'est un fruit qui regorge de vitamines. Et cet équilibre entre acidité et douceur ! Par ailleurs, on peut la conserver longtemps… À mon avis, aucun fruit ne surpasse la pomme. Et toi, c'est l'orange, ton fruit préféré ?

Le délégué était en train de siroter un jus d'orange.

— Pas spécialement, répondit-il. Mais comme c'est mon carburant, je choisis toujours cette boisson quand je dois en prendre une.

« Engine » était l'alter de Tenya. Grâce à un organe spécial développé dans son mollet, il pouvait se mouvoir à une vitesse surhumaine. Cependant, pour fonctionner, le moteur nécessitait une absorption de jus d'orange cent pour cent pur jus.

Tenya avait parfois envie d'autre chose mais, la plupart du temps, quand il se retrouvait devant un distributeur dans l'idée de s'acheter un café, il finissait par appuyer sans réfléchir sur le bouton du jus d'orange.

En fin de compte, ce réflexe n'était pas vraiment problématique : si, en cas de besoin, il se retrouvait incapable d'utiliser son alter par manque de carburant, il serait bien embêté. Pour lui, le jus d'orange était donc toujours la meilleure option.

Tenya avait attendu que son ami termine sa tarte aux pommes pour déplier la carte du parc. Fumikage demanda alors :

— Et si on faisait un tour ? Tu es tenté par une attraction particulière ?

— Pas spécialement. Je te laisse choisir !

— Bien, dans ce cas, commençons par là !

Les deux lycéens quittèrent la table pour se rendre dans une zone arborée. Entre les arbres qui poussaient de façon anarchique se dressait un ensemble hétéroclite de sculptures : une roue, un pain au lait sucré, une pyramide, une sphère rouge…

Difficile de comprendre l'intention du concepteur de ce lieu.

— Quel drôle d'endroit, commenta Fumikage.

— N'est-ce pas ? approuva Tenya. Le directeur de ce parc est, paraît-il, un fana d'art contemporain. Il a toujours fait tourner des expositions temporaires. Un jour, quand j'étais petit, j'ai assisté à un spectacle d'hommes peints en blanc qui édifiaient une pyramide humaine. Je ne comprenais pas du tout ce qui se passait !

À l'évocation de la scène, Fumikage se félicita de n'avoir en face de lui que de simples sculptures.

Ils arrivèrent enfin à destination : une attraction composée de nacelles en forme de tasses posées sur un support circulaire.

— Tenya, tu peux m'expliquer ce que c'est ?

— Et si on prenait un petit thé dans cette oasis ? s'écria le délégué. On ne peut pas manquer ce divertissement, c'est un classique ! Et on a de la chance car on n'aura pas à faire la queue. Allons vite nous installer…

Fumikage suivit un Tenya plein d'entrain. Autour d'eux, seuls quelques jeunes enfants étaient montés.

— À quoi ça sert ? demanda Fumikage en serrant le volant fixé au centre de la tasse.

— Plus on le fait tourner, plus la tasse pivote rapidement.

— Et c'est tout ? On n'a rien à faire d'autre ?

— Tout à fait. Attends, ça commence !

Une alarme annonça le début de l'attraction, bientôt suivie par une musique légère et joyeuse. Tenya sourit à la vue des enfants qui riaient à gorge déployée tout autour d'eux quand, soudain, il se sentit projeté en arrière.

— Fumikage ?!

Ce dernier s'évertuait à faire tourner le volant. La tasse des deux lycéens tournoyait à une vitesse si élevée que la force de rotation menaçait de les arracher de leur siège et de les expulser de la nacelle.

— Qu'est-ce que tu fais ?! cria Tenya en se cramponnant comme il le pouvait.

Son ami lui répondit tout en actionnant le volant avec ardeur :

— Le but de cette attraction, c'est de faire tourner la tasse le plus vite possible, n'est-ce pas ? Je crois bien qu'on est les plus rapides !

« *Mais non, Fumikage, tu te trompes !* » voulait crier Tenya, désormais incapable d'ouvrir la bouche.

L'effet centrifuge était si vigoureux que, dans son estomac, le jus d'orange s'était transformé en une mer agitée dans laquelle se noyaient des morceaux de tarte aux pommes. Fumikage aussi commençait à se sentir mal.

Quelques minutes plus tard, les deux camarades allèrent s'asseoir sur un banc non loin de là. Tenya put enfin expliquer calmement le concept des tasses, à savoir qu'il ne s'agissait pas d'un concours de vitesse !

— Tu aurais pu me le dire plus tôt, murmura Fumikage, en secouant légèrement la tête.

— Quand tu affirmais que c'était ta première fois dans un parc d'attractions, tu ne mentais pas !

— Pourquoi j'aurais menti ? Bref, quelle est la prochaine étape dans ton planning ?

— Ça va déjà mieux, tu es sûr ?

Fumikage concéda :

— Pas tout à fait, mais comme tu parlais de profiter de toutes les attractions…

— Je te propose de poursuivre avec un divertissement un peu plus doux.

Les deux compagnons se dirigèrent ainsi vers un carrousel lumineux. Zoo Dreamland oblige, l'attraction comportait non seulement des chevaux, mais aussi des rhinocéros, des lions et des éléphants.

Tenya enfourcha un cheval et Fumikage un rhinocéros. Le manège tournait tranquillement, accompagné par une musique guillerette. Sur les côtés, les parents filmaient leurs enfants en guise de souvenir.

Fumikage finit par demander :

— Tenya, qu'est-ce que tu trouves d'amusant dans cette attraction ?

La question était simple et directe.

— Ce n'est pas clair pour toi ? On enfourche des animaux sur lesquels on ne peut pas monter en temps normal. Et de surcroît, en toute sécurité. Regarde, les enfants sont si heureux autour de nous !

— C'est donc ça...

Le manège continuait à tourner doucement, sous les rires des enfants. Les rayons du soleil se réfléchissaient sur les innombrables facettes des miroirs décorant le manège.

— En tout cas, il y a beaucoup de manèges qui tournent, dans ce parc...

Fumikage était de nouveau sujet à une épiphanie.

— Ce n'est pas vrai ! objecta Tenya. Il y a aussi des attractions qui montent et qui descendent, d'autres qui tournoient…

— Tu vois, encore des trucs qui tournent !

Alors que Fumikage semblait un peu regretter d'être venu, Minoru et Denki étaient assis sur un banc, comme des chasseurs à l'affût.

— Et les deux, là-bas, en lapin ?

— Dommage… Je leur mets huit sur dix pour le visage et six sur dix pour le corps. Denki, nos proies doivent posséder à la fois un visage harmonieux, un corps magnifique et une belle personnalité. Sans oublier qu'il faut viser les petites ingénues, celles qui nous suivront avec une confiance aveugle !

Ils étaient en train de scruter deux jeunes filles qui mangeaient de la glace à quelques pas.

Elles ignoraient tout du jugement de Minoru ; si elles l'avaient entendu, elles se seraient sans doute écrié :

— Non mais tu te prends pour qui ? Tu t'es bien regardé ?!

Bien sûr, Minoru et Denki étaient venus au parc dans le but de draguer. Dès l'instant où Tenya avait invité ces deux prédateurs, Zoo Dreamland était devenu leur terrain de chasse.

Si le scrupuleux Tenya avait compris leurs véritables intentions, il aurait tenté de les contrecarrer, ils en étaient certains. Aussi, les deux acolytes avaient décidé dès le départ de s'éclipser.

— Si notre plan drague fonctionne, qu'est-ce qu'on dira à Tenya et à Fumikage ? demanda Denki, alors qu'ils lorgnaient les filles comme s'il s'agissait de gourmandises.

— Question épineuse… Dans un tel cas, la meilleure option est la fuite. Adieu Zoo Dreamland et bonjour vie de nos rêves !

Alors que dans la tête de ces deux chasseurs la notion d'amitié virile avait entièrement disparu, une jeune fille se présenta. Un beau visage et un corps magnifique. Elle semblait peu sûre d'elle et lançait dans toutes les directions des regards anxieux.

— Voilà exactement la proie angélique que nous recherchions !

Les deux prédateurs ne pouvaient à cet instant juger que de l'apparence de la jeune fille. Ils ignoraient si elle avait bon ou mauvais caractère et si elle ferait une proie facile, mais ils la dévoraient de leurs yeux brillants et avides, déjà hameçonnés par cet appât de premier choix.

Toutefois, la jeune fille les impressionnait. Leur soif de se lancer à sa poursuite n'avait d'égale que leur indécision.

— Comment on l'aborde ? demanda Minoru.

Denki marqua une pause pour réfléchir.

— On pourrait dire : « Mademoiselle, auriez-vous une minute ? »

— Ça fait trop coincé ! On n'est pas en train de l'interroger pour un sondage à la noix !

— Dans ce cas, vas-y, toi !

— Espèce d'andouille, ronchonna Minoru. Si on te compare à moi, tu es le plus beau gosse, disons d'un iota, d'un nanomètre ! Donc c'est à toi d'aller lui parler.

Denki accepta :

— Si tu le dis, j'y vais…

— Un nanomètre, c'est mille fois plus petit qu'un millimètre, t'as bien compris ?

— On s'en fiche ! Allez, admire plutôt mon comportement héroïque depuis le banc des spectateurs.

— Triple buse ! Tu crois que je vais rester planté là, à te regarder ? Si toi, le beau gosse, tu l'abordes tout seul, la fille risque de se mettre sur ses gardes ! Je dois t'accompagner car mon air mignon et inoffensif la rassurera. Mais c'est à toi d'y aller en premier.

— Tu peux compter sur moi !

Grâce à cette louange nanométrique, Denki, gonflé à bloc, se dirigea vers la jeune fille. Minoru lui emboîta le pas.

— Bonjour ! (Denki avait interpellé la jeune fille.) Quel beau temps ! On est gâtés, pas vrai ?

— Euh, oui… répondit-elle, interloquée.

— Donc… ça te dirait de faire un tour avec nous ? On n'est que deux mecs, et on s'ennuie…

— Non, ça ira, merci…

— Moi, c'est Minoru ! Ne t'inquiète pas : on ne fera rien d'autre qu'un petit tour, c'est promis !

— Non, j'insiste…

Devant le visage si adorable de cette jeune fille embarrassée, les cœurs de Minoru et de Denki fondirent comme neige au soleil.

— Tu n'aurais pas faim ? s'enquit Denki. Que dirais-tu de la fameuse tarte aux pommes de saison ? C'est une édition limitée !

— Ne t'inquiète pas ! tenta de la rassurer son camarade. C'est nous qui t'invitons. On devrait se dépêcher, il risque de ne plus en rester... Allons-y ! Waouh, quelle peau douce...

Minoru avait pris la main de la jeune fille dans l'espoir de l'entraîner avec lui. Il était aux anges.

Mais une voix grave et virile le fit redescendre sur terre :

— Eh ! Qu'est-ce que vous faites à ma copine ?

— Ken ! Te voilà !

Celui qui se présentait comme le petit ami de la jeune fille décocha un regard noir et féroce à Minoru. Il portait à sa main un menu sac en papier. Les deux compères restèrent pétrifiés.

— Vous en avez, du cran, pour draguer ma copine...

En présence de cet ours mangeur d'hommes apparu soudain devant eux, les chasseurs se muèrent en petits lapins tremblants.

— Mais enfin ! osa Denki. Tu n'y es pas du tout ! On ne la draguait pas le moins du monde : on ne faisait que lui demander la bonne direction !

— On vient de la campagne, ajouta Minoru. On est paumés dans ce parc, on cherchait le grand huit.

— Si vous croyez m'embobiner…

Le petit ami bouillait de colère.

La jeune fille s'interposa, les yeux embués de larmes.

— Ken, arrête ! Tout ça, c'est de ta faute ! C'est toi qui m'as laissée toute seule. J'étais triste, tu sais ? Pourtant, c'est mon anniversaire…

— Désolé, j'étais parti acheter ça…

Le jeune homme lui tendit le sac en papier. Elle jeta un œil à l'intérieur avant d'écarquiller les yeux, le souffle coupé :

— Mon Dieu ! Mais c'est la peluche de kangourou que je voulais ?

— Regarde dans la poche du kangourou…

— Quoi ? Une bague ?! Ne me dis pas que…

— Reste avec moi, pour toujours et à jamais !

— Ken !

Après cette proposition inattendue, Minoru et Denki, déconfits, quittèrent les deux amoureux non sans avoir balbutié félicitations et autres vœux de bonheur.

— Eh ben… rumina Denki, voilà à quoi ressemblent les vrais gens qui sont heureux de vivre dans la vraie vie !

Ce retournement de situation digne d'un grand huit – ils draguaient laborieusement et l'instant d'après, ils assistaient, penauds, à une demande en mariage – avait découragé Denki. À ses côtés, son ami semblait lui aussi désabusé.

— Quand j'y pense, ça me met hors de moi, je te jure ! Les couples devraient faire leurs petites scènes chez eux ! Ça devrait être interdit de faire ça dans les lieux publics.

— Réfléchis, Minoru ! En général, les filles belles et bien fichues ont toutes un copain…

— Mouais… concéda son camarade. Bon, O.K., tu n'as pas tort.

— On devrait revoir nos objectifs à la baisse pour augmenter nos chances de succès, tu ne crois pas ?

Minoru se renfrogna. Après mûre réflexion, il ouvrit la bouche :

— Tu suggères une fille normale plutôt qu'une beauté parfaite ? Tu as peut-être raison : quand on s'adresse à de très jolies filles, on est tendu. Ça complique tout. Mais avec une proie pas terrible, le stress s'évanouit et on peut se donner à cent pour cent. O.K., c'est parti ! On se lance sur celles qui ont la moyenne !

Minoru se sentait comme un chef d'État qui vient de prendre une décision de la plus haute importance, engageant l'avenir de tout le pays.

Mais leur plan ne se déroula pas aussi bien que prévu.

— Désolée !
— C'est une blague, j'espère ?
— Mais lâchez-moi les baskets, bon sang !

Ces filles « moyennes » avaient sans doute perçu la concupiscence débordante de Minoru. Résultat : les deux malheureux enchaînèrent les refus.

— Mais pourquoi ?! se lamentait le responsable. Alors qu'elles n'ont que la moyenne !

— Si c'est comme ça… murmura Denki.

Son compagnon le coupa :

— Pas besoin d'en dire plus… Si c'est comme ça, on prendra le tout-venant ! Une paire de seins, et je serai content. Pas besoin qu'ils soient aussi gros que ceux de Momo ! Une poitrine modeste comme celle de Kyoka fera l'affaire.

Denki et Minoru, tour à tour chasseurs puis petits lapins, étaient dorénavant des fauves affamés. Ils interpellaient toutes les filles de leur âge se trouvant dans le périmètre.

Mais ils n'arrivèrent pas à leurs fins.

— Désolée !

— Je suis venue avec mon copain…

— On va finir par appeler la police, vous savez ?

Accablés par l'enchaînement de ces échecs, ils avaient perdu toute énergie, au point d'être incapables de tenir debout. Ils s'affalèrent sur un banc et ruminèrent sur la sévérité des lois de la nature.

— On a tiré tellement de balles sans atteindre de cible… maugréa Denki. Et je n'ai plus de munitions.

— Pourquoi l'univers est-il contre nous ?

Leurs plaintes furent interrompues par la sonnerie du téléphone de Denki. C'était Tenya. Il était déjà plus de midi et les deux mauvais chasseurs n'avaient pas vu le temps passer.

Ils décidèrent donc, sans enthousiasme, d'un lieu de rendez-vous et quittèrent leur banc pour s'y diriger.

— La morale, c'est qu'on va se taper la visite de ce parc entre mecs, rumina Minoru. Adieu seins, nichons, lolos ! Tant pis… Denki, tu ne voudrais pas mettre mes Boing Boing sur ta poitrine ?

Son alter, « Boing Boing », consistait en des balles molles et rebondissantes qui tapissaient son crâne comme s'il était coiffé d'une énorme grappe de raisins. Lorsqu'il arrachait l'une de ces balles, elle pouvait se coller sur pratiquement n'importe quoi.

Denki l'arrêta tout de suite :

— Je n'ai pas envie ! Ah là là… Si seulement ça pouvait se passer dans l'autre sens : ce serait aux filles de venir nous aborder… La drague à l'envers !

— Tu rêves, c'est une légende urbaine !

Contre toute attente, le ciel n'avait peut-être pas abandonné les deux apprentis héros.

— Excusez-moi…

Quoi, une tentative de drague à l'envers ?!

Au son de cette voix mélodieuse qui s'élevait dans leur dos, les deux garçons retinrent leur respiration.

— Coucou ! Il fait beau, n'est-ce… Il n'y a personne ?!

Denki s'était retourné mais aucune jeune fille ne se tenait derrière lui.

— Denki… En bas !

— Quoi ?

Denki regarda vers le sol, comme le lui avait conseillé Minoru, lui-même embarrassé.

Devant eux se trouvait une toute petite fille qui portait un serre-tête avec des cornes de girafe.

Tenya prit la parole.

— J'ai compris : elle est perdue !

— Mais non ! Je ne suis pas perdue ! Je m'appelle Yuka et je suis une grande. Je suis en maternelle, et je ne suis pas perdue !

Au lieu de rendez-vous, Denki et Minoru avaient expliqué l'affaire à Tenya. La moue boudeuse de la fillette exprimait son vif désaccord avec la conclusion du délégué. Elle leur raconta son histoire : elle était venue au parc d'attractions avec sa mère, puis celle-ci était partie acheter leur déjeuner. Tout à coup, la petite avait vu passer devant elle son personnage d'animation préféré et l'avait suivi, jusqu'à se retrouver ici, parmi eux...

— Elle est tellement têtue qu'on n'arrivera jamais à l'emmener au point d'accueil pour les enfants perdus ! commenta Denki avec un sourire agacé.

Yuka protesta de nouveau :

— Mais non, je suis pas perdue ! Je trouve pas ma maman, c'est tout !

— C'est exactement ce qu'on appelle être perdue ! fit remarquer froidement Fumikage.

Son commentaire produisit un frémissement chez la petite fille. Elle courut se placer derrière Denki et épia le garçon à tête d'oiseau depuis cette cachette. Son comportement surprit les lycéens.

— Elle semble se méfier de toi, Fumikage, mais pourquoi ?

Yuka réagit à l'observation de Minoru en murmurant, craintive :

— Monsieur oiseau, il fait peur… Un jour, j'étais en train de manger du pain, et un oiseau m'a donné un coup de bec !

Denki et Minoru éclatèrent de rire.

Denki la rassura :

— Ne t'inquiète pas ! Fumikage n'est pas un oiseau, c'est juste son alter qui fait ça.

— Son alter ? répéta la fillette.

Toujours aussi effarée, elle se montra toutefois curieuse et jeta un œil au garçon.

— Vous riez, dit celui-ci, mais il n'y a pas de quoi ! Moi aussi, ça m'arrive de me faire attaquer par des corbeaux !

— Yuka, Fumikage est un vrai gentleman, expliqua Tenya. Tu n'as aucune raison d'avoir peur.

— Mais… murmura la petite fille, encore inquiète.

Fumikage poussa un soupir résigné avant de s'adresser à elle :

— Les blessures du cœur ne guérissent pas si facilement… Mais revenons à ta mère. Elle doit se faire du souci.

— Il a raison, poursuivit Tenya. Allons de ce pas à l'endroit où tu étais censée la retrouver, pour régler cette affaire ! Où se trouvait-elle ?

— Devant la pomme ! s'écria Yuka.

C'était tout ce dont elle se souvenait.

— La pomme… répéta Denki. C'est peut-être vers la boutique qui vend des tartes ? Vous avez vu des pommes dans les parages, vous ?

— Oui, beaucoup, en décoration, répondit Tenya. La pâtisserie de la forêt est juste à côté. On y va ?

Ainsi, les quatre lycéens et la petite fille se mirent en marche. Yuka avançait le plus loin possible de Fumikage, aux côtés de Denki. Celui-ci lui tenait la main pour ne pas qu'elle s'égare.

— Eh, les gars… lança-t-il en regardant autour de lui, hésitant. On risque de nous soupçonner d'enlèvement, vous ne pensez pas ?

— Pourquoi donc ? demanda Tenya.

— Quatre mecs et une toute petite fille ! On a l'air de quoi ?! D'une bande organisée ?

— Ne vous inquiétez pas ! Moi, j'expliquerai tout aux policiers.

— Super, merci, Yuka ! répondit Denki.

— Dire que notre drague à l'envers n'était qu'une gamine de maternelle…

Tenya prit un air interrogateur.

— Votre « dragalanvère » ? Vous parlez de quoi ?

Minoru et Denki s'affolèrent.

— De rien du tout !

— Qu'est-ce que tu baragouines encore, Tenya ?

Malheureusement pour eux, la fillette ajouta son grain de sel :

— Mais si ! Je les ai entendus tout à l'heure ! Ils ont dit qu'ils voulaient de la « dragalanvère », que c'était une légende urbaine. Ça veut dire quoi, « dragalanvère » ?

— On s'en fiche, pas vrai, Denki ?!

— Bien sûr qu'on s'en fiche ! Les enfants, de nos jours, ils en connaissent, des mots compliqués…

Ils faisaient tout pour étouffer l'affaire, mais leur tentative échoua face à Tenya.

— C'est le devoir des adultes que de répondre aux questions naïves des enfants ! J'ai honte mais je ne connais pas ce terme. Pourriez-vous l'expliquer à Yuka ? De mon côté, ça m'apportera un peu de vocabulaire !

Confrontés à la droiture du délégué, Denki et Minoru étaient totalement démunis. Du moins, ils étaient convaincus qu'il fallait taire la vérité…

— Comment dire… c'est une question de… de… drague à Anvers ?

Sous les regards interrogateurs d'un lycéen plein de sérieux et d'une petite fille ingénue, le cerveau de Denki était au bord du court-circuit. Minoru comprit que lui seul pouvait les sortir de cette confusion. Ses méninges tournèrent à plein régime afin de trouver une réaction aussi convaincante que trompeuse.

— Mais oui ! Une drague à Anvers ! Vous ne connaissez pas ? Anvers, la ville des canaux, la Venise du Nord !

Ces paroles laissèrent Tenya sceptique.

— En effet, les travaux de dragage sont courants à Anvers, mais votre histoire ne colle pas. Vous disiez en « vouloir » ! De quoi aviez-vous donc envie ?

— Oh, eh bien… ça arrive d'avoir ce genre d'envie, parfois, tu sais ?

— Je ne comprends toujours pas… Tu serais préoccupé par l'état des fonds marins de la Venise du Nord ? Pour moi, c'est plutôt une inquiétude… À quel moment tu peux avoir ce genre d'envie, Minoru ?

— Euh, quand je suis triste, par exemple ?

— Je vois… Quand tu es triste, tu as peur que tout s'enlise, tout s'embourbe ? Mais enfin, ne sois pas si pudique ! Si tu as besoin de réconfort, je suis là !

— Merci, ta bonne intention suffira.

— Cela dit, je me demande quel est le rapport avec la légende urbaine, poursuivit Tenya.

— En fait… C'est-à-dire que…

Cette fois, Minoru était à court de réponses.

— On récolte ce qu'on sème, murmura Fumikage.

À ces mots, Yuka lui jeta un coup d'œil. Leurs regards se croisèrent. Surprise, elle se dissimula de nouveau derrière Denki.

Fumikage poussa un léger soupir. Il n'y avait rien à faire : elle était effrayée par son physique et il ne pouvait pas en changer.

— Raconte-moi tout, Minoru !

Tenya pensait que son camarade était angoissé et, croyant l'aider, le pressait de questions.

— Mais une légende urbaine, c'est une légende urbaine ! Et chacun est libre d'y croire ou non !

Afin de noyer le poisson, l'adolescent avait décidé de jouer la carte de l'agacement.

— Tu es visiblement incapable de l'exprimer par toi-même. Dans ce cas, j'effectuerai des recherches tout à l'heure.

Minoru et Denki, qui avaient réussi tant bien que mal à se sortir de ce mauvais pas, soufflèrent de soulagement, assez discrètement pour échapper à Tenya.

Yuka posait un regard admiratif sur Minoru.

— Toi, la tête de balles, tu en sais des choses !

— Oh ! Je t'interdis de me donner un surnom aussi débile !

— Trop drôle ! s'écria Denki. Et moi, ce serait quoi ?

— Le garçon jaune !

— À ce que je vois, les enfants vous apprécient, dit Tenya, attendri. Vous êtes accessibles et ils le sentent. C'est une qualité très importante pour les super-héros.

— Tu crois ? s'exclama Denki.

— C'est certain ! renchérit Minoru. Les enfants perçoivent tout, on peut faire confiance à leurs impressions. Mon esprit, qui est aussi ouvert que la haute mer… Excuse-moi, Fumikage, ne le prends pas mal ! Je ne voulais pas sous-entendre que tu avais l'esprit étriqué !

— Je ne m'en faisais pas du tout, répondit Fumikage.

Denki était gêné par le compliment tandis que Minoru se montrait fier comme un paon. Fumikage, lui, s'en moquait. L'entrain des garçons mit Yuka en joie :

— Vous savez quoi ? Eux deux, quand je les ai trouvés, ils parlaient avec plein de filles. Ils disaient : « Si tu as du temps, on pourrait s'amuser ensemble ? » Du coup, j'ai compris qu'ils avaient du temps. Et je me suis dit qu'ils pourraient m'aider à retrouver maman !

La révélation innocente de la petite fille eut l'effet d'une bombe. Denki cracha de dépit.

— Denki, Minoru, les interpella Tenya, la figure grave. Vous n'étiez pas en train d'assister à un numéro de super-héros ?

Le délégué s'était transformé en terrifiant lapin.

— Vous vous êtes séparés de nous pour aller draguer des filles ! devina Fumikage, sidéré.

— Mais non, c'est pas… bredouilla Denki.

— Draguer ? répéta Tenya, qui venait de connecter les différents éléments. En fait, la « dragalanvère », c'est la « drague à l'envers », c'est ça ?! Enfin, pourquoi vous m'avez raconté toutes ces salades ?!

Denki s'emporta, oubliant qu'il était en train de se faire réprimander.

— On ne va pas remettre cette histoire sur le tapis !

— Vous nous devez des explications ! Quand je pense à cette pauvre enfant à qui on a raconté n'importe quoi… Écoute-moi bien, Yuka ! La drague à l'envers, ça n'a rien à voir avec ce qu'on a dit tout à l'heure. En vérité, il s'agit d'un garçon qui se fait draguer par une fille !

Tenya s'était agenouillé devant la petite pour lui expliquer la fameuse expression avec précision.

— Est-ce vraiment une bonne idée ? murmura Fumikage.

— Même les enfants ont droit à la vérité.

Il avait ponctué sa réplique de hochements de tête, ce qui faisait remuer les extrémités de ses oreilles de lapin. Yuka répondit, avec le même sérieux :

— D'accord, mais c'est quoi « draguer » ?

— À l'origine, ça veut dire nettoyer le fond d'un plan d'eau ou d'un canal pour la pêche ou pour des travaux publics, par exemple. Aujourd'hui, on l'utilise surtout pour désigner un homme qui essaie d'aborder une demoiselle afin de nouer une aventure galante. Et lorsque c'est une femme qui accoste un homme, certains parlent de drague à l'envers.

— C'est ce que j'ai fait tout à l'heure ?

Tenya la rassura.

— Non, Yuka. Quand on drague, le but est de s'amuser avec l'autre. Tandis que toi, tu ne faisais que demander ton chemin.

— Ah bon... Dommage ! murmura-t-elle, déçue.

— Tu n'as pas à trouver ça dommage ! Minoru et Denki, vous êtes méprisables ! Vous êtes venus draguer ici, dans ce lieu sacré du divertissement familial ! Quand un garçon et une fille commencent à se fréquenter, ils doivent d'abord apprendre à bien se connaître. Leur amour ne fera que grandir par la suite, mais ils maintiendront des rapports purs et chastes…

— Mes fesses, oui ! Moi, tout ce que je veux, c'est vivre une jeunesse tumultueuse et basta !

La morale inflexible de Tenya avait irrité au plus haut point Minoru, interrompu dans ses fantasmes.

— Ça veut dire quoi, « tumultueuse » ? demanda Yuka à Denki.

— Aucune idée !

— On est arrivés à la pâtisserie de la forêt, fit observer Fumikage.

Tenya et Minoru décidèrent de mettre fin à leur débat éthique.

Conformément aux souvenirs du délégué, la pâtisserie était décorée sur le thème de la pomme pour la promotion de sa tarte de saison. Tenya questionna donc la petite :

— C'est ici que tu devais attendre ta maman ?

— Non, c'était pas là ! Il y avait une très grande pomme… Grande comme ça !

La fillette, qui fronçait les sourcils d'inquiétude, avait étendu ses bras au maximum.

Fumikage intervint :

— Tenya, tu ne connais pas un endroit qui pourrait correspondre ?

— Je me suis souvent rendu à Zoo Dreamland dans mon enfance, mais je n'ai aucun souvenir d'un aussi grand fruit. Même sur le plan du parc, je ne trouve rien qui y ressemblerait.

— Je ne pourrai plus jamais revoir ma maman, alors ?

Les yeux de la petite s'embuèrent de larmes. Les quatre lycéens s'affolèrent. En tant que super-héros, ils se devaient de porter secours à autrui : faire pleurer une fillette, non pas de joie mais de tristesse, constituait une défaite inqualifiable.

— Je sais ! s'écria soudain Denki. Et si on allait dans un endroit en hauteur ? On pourrait peut-être l'apercevoir…

— Excellente idée ! approuva le délégué. Cherchons un point de vue panoramique.

— Là-bas, la grande roue ! s'exclama Minoru en pointant l'attraction du doigt.

— Encore un truc qui tourne, murmura Fumikage.

Malgré ses réticences, les cinq enfants y prirent place.

— Yuka, on compte sur toi ! expliqua Tenya. Regarde bien tout autour, en quête de ton point de rendez-vous.

La nacelle s'éleva dans les airs. Ses passagers, rivés contre la vitre, scrutaient le paysage, à l'affût de la fameuse grande pomme.

— Dans ce genre de cas, un alter de super-vue aurait été bien pratique, commenta Denki. Mon électricité ne sert à rien du tout !

— Idem : le mien est inutile pour la recherche, ajouta Tenya.

— C'est quoi ton alter ? lui demanda la petite.

— Il s'appelle « Engine ». Avec lui, je peux courir très vite !

— Waouh ! La chance ! Moi, je n'ai pas encore d'alter, confessa-t-elle, un peu déçue.

— Vise un peu le mien ! s'écria Minoru en arrachant l'une des boules de son crâne. Tiens, je t'en donne un bout !

La fillette refusa sèchement en secouant la tête.

— J'en veux pas !

— Tu es sûre ? Regarde, ça colle hyper bien !

L'adolescent continuait d'ôter les balles et les fixait sur la paroi.

Fumikage lui lança, laconique :

— Arrête de bouger pour rien, tu fais tanguer la nacelle.

— Ce n'est effectivement pas le moment de faire n'importe quoi ! approuva Tenya. Nous devons trouver au plus vite la grande pomme.

Mais leurs recherches furent infructueuses.

Ils s'enquirent ensuite auprès du personnel du parc, sans plus de résultat.

— Et si on allait au point enfants perdus pour signaler la petite ? proposa Denki.

La mère de Yuka doit sans doute l'y attendre rongée par l'angoisse, pensa-t-il.

Mais la fillette secoua énergiquement la tête en signe de refus. Tenya émit une observation :

— Aucune annonce concernant une enfant perdue n'a été diffusée. Sa maman n'a pas encore dû se rendre à l'accueil…

— Peut-être qu'elle est tout simplement rentrée à la maison ! lança Minoru inconsidérément, dans le seul but de détendre l'atmosphère.

Mais des torrents de larmes coulèrent sur les joues de la petite. Denki le réprimanda :

— Ça ne va pas, de dire des trucs pareils ?!

— C'était pour rire ! Aucune raison qu'elle soit rentrée, voyons !

— Quel manque de délicatesse, commenta Fumikage.

— Ta plaisanterie n'était pas du tout adaptée à une si petite fille ! renchérit Tenya.

— Vous êtes trop durs, se lamenta Minoru. Moi aussi, je suis tout petit ! Arrêtez de me faire tous ces reproches ! (Soudain, il s'interrompit, le souffle coupé : son regard portait au loin.) Attendez-moi ici !

Le lycéen avait couru vers un employé qui distribuait des baudruches aux enfants. Il revint avec un ballon rouge.

— Tiens, Yuka ! Voici une grande pomme ! s'exclama-t-il, peu embarrassé par cette approximation.

— Mais non, pas comme ça ! C'était une pomme encore plus grosse !

— Donc ça, c'est une pomme ? l'interrogea Tenya.

— Oui !

Denki éclata de rire :

— Mais voyons, c'est un ballon ! Une pomme, c'est un fruit, pas une baudruche !

— C'est pas vrai ! répliqua la fillette. Tout ce qui est rond et rouge est une pomme.

Les quatre garçons restèrent bouche bée. Ils s'entre-regardèrent.

— Elle ne parlait donc pas d'une vraie pomme mais d'un objet rond et rouge...

— Une grosse boule rouge, poursuivit Denki. Est-ce qu'on en a vu une quelque part ?

Cette question frappa l'esprit de Fumikage. Il se rappela la grande sphère écarlate aperçue dans la forêt et s'élança.

— Suivez-moi !

— Où ça ? s'écria la petite fille, en relevant la tête.

— Attends-nous, Fumikage ! l'interpella Tenya. Viens, Yuka, on y va !

Une femme, visiblement soucieuse, faisait les cent pas autour de la grande sculpture sphérique de couleur rouge.

— Maman ! cria la petite.

— Mais où étais-tu ? J'étais morte d'inquiétude...

La mère et la fille se jetèrent l'une vers l'autre et s'étreignirent comme les rescapées d'un naufrage. Puis Yuka raconta comment les quatre garçons l'avaient aidée. La jeune femme se confondit en excuses et en remerciements.

— Ne vous en faites pas ! répondit Tenya. Nous n'avons fait que notre devoir.

— Alors, c'est promis, Yuka ? lui demanda Denki. Tu ne te perdras plus jamais ?

— Si tu veux, tu pourras me draguer, dans vingt ans, lui lança Minoru.

La fillette resta muette. Sa mère vérifia :

— Tu as dit merci à tout le monde ?

— Merci à tous !

Tenya et ses amis s'éloignèrent, en lui faisant un signe de la main en guise d'au revoir. Mais la petite fille se précipita en direction de Fumikage :

— Monsieur oiseau !

— Qu'est-ce qui t'arrive ?

— Pardon d'avoir dit que tu faisais peur… Comme ton bec est plus grand que celui de l'oiseau qui m'a fait mal, j'ai cru que tu allais me manger.

Fumikage esquissa un sourire rassurant à la fillette timorée et la consola :

— Ne t'en fais pas. Et tu sais quoi ? La pomme, c'est mon aliment préféré !

Le sourire enchanta Yuka, et ses joues devinrent aussi rouges qu'un certain fruit.

Après cette aventure, les quatre lycéens déjeunèrent à une heure tardive. En dessert, ils choisirent tous la fameuse tarte aux pommes de saison.

Au départ, seuls Denki et Minoru, qui n'y avaient pas goûté, avaient prévu d'en manger. Mais comme Fumikage était tout à fait disposé à en reprendre, Tenya avait fini par suivre le mouvement.

Une fois de plus, Fumikage se régalait.

— Quel délice…

Les pommes trouvaient toujours une place dans son estomac, semblait-il.

Assis à ses côtés, Tenya parla soudain comme s'il venait de se souvenir d'une information importante :

— Vous avez écrit votre lettre de remerciements ?

— Ah oui, cette satanée lettre… marmonna Denki. J'ai bâclé un truc. On sera obligés de la lire devant nos parents, vous croyez ? Ce serait trop la honte !

— J'avais oublié, couina Minoru. La journée portes ouvertes, c'est déjà demain… Ça me fatigue, rien que d'y penser !

— Tu ne peux pas dire ça ! le tança Tenya, les yeux écarquillés. C'est le moment idéal pour exprimer de la gratitude envers ta famille ! Moi, j'ai rédigé plus de quarante pages !

Denki s'étrangla.

— Tu plaisantes, j'espère ? La mienne ne fait que deux pages…

— Et moi, une seule ! ajouta Minoru.

Tenya s'étonna.

— Si peu ? Et ça vous a suffi ?

— À mon avis, en tant que délégué, tu devrais être le seul à lire ton texte. Ce serait plus simple, et ça prendrait toute la durée du cours !

Denki avait émis cette proposition, mi-moqueur, mi-admiratif.

— On ne peut pas faire ça ! objecta Tenya, en secouant la tête.

Il marqua une courte pause pour réfléchir, puis reprit :

— Mais tu as raison, je vais déborder sur le temps de parole de mes camarades. Que faire ? Je dois identifier les passages essentiels et m'y limiter !

Fumikage avalait avec regret sa dernière bouchée de tarte aux pommes.

Soudain, la table des quatre garçons se retrouva au milieu d'une nuée d'agents de sécurité qui couraient à toute allure.

— Que se passe-t-il ?

Ils suivirent les vigiles du regard, s'interrogeant sur la raison de leur précipitation. L'instant d'après, des hurlements retentirent, accompagnés d'un grand bruit causé par divers objets se brisant.

Les lycéens jugèrent l'affaire sérieuse et se ruèrent vers la source du vacarme.

Ils arrivèrent bientôt devant la maison hantée. Une foule de curieux s'était amassée autour de l'attraction.

— Reculez ! criaient les vigiles.

— Ma fille est à l'intérieur ! hurlait une femme. Tenya la reconnut.

— C'est la mère de Yuka !

Elle appelait désespérément les vigiles à l'aide, et elle sursauta en apercevant les garçons, qui s'étaient frayé un chemin dans la foule pour la rejoindre.

— Que s'est-il passé ? demanda Tenya.

— Tout à l'heure, on avançait ensemble dans la maison hantée, répondit la jeune femme en retenant à grand-peine ses larmes, quand tout à coup ma fille a disparu… et les marionnettes ont ensuite commencé à s'animer…

Ses explications furent interrompues par un fracas en provenance de l'intérieur de la maison.

— Yuka ! cria la mère.

Elle n'obtint aucune réponse. Désespérée, elle appela de nouveau les vigiles.

— Laissez-moi entrer !

— Veuillez patienter, madame, nous sommes…
Un bruit retentissant interrompit l'homme qui se tourna en direction de l'entrée.

La frayeur déformait son visage. Un mannequin représentant un fantôme se tenait sur le seuil. L'objet flottait et bougeait, comme animé d'une vie propre.

Des cris d'effroi traversèrent la foule.

Les vigiles, qui cherchaient à écarter les curieux, s'écrièrent :

— Éloignez-vous ! Vous aussi, madame ! Nous avons appelé des héros à la rescousse. Veuillez attendre, s'il vous plaît !

— N'abandonnez pas ma fille ! hurla la mère, horrifiée, les yeux rivés sur la maison hantée.

Zoo Dreamland était situé à une certaine distance du centre-ville, aucun super-héros notable n'avait installé son agence dans les environs… Bref, les secours n'allaient pas arriver de sitôt.

Devant la panique de la mère de Yuka, Tenya l'interpella, déterminé :

— Madame, ne vous inquiétez pas. Je vais aller la chercher !

— Vraiment ? répondit la jeune femme, abasourdie.

Le délégué lui adressa un sourire. Il tourna ensuite les talons pour se frayer un chemin parmi les badauds. Ses camarades le suivirent en toute hâte.

— Attends, Tenya ! Tu vas où, là ? demanda Denki.

— Je vais entrer dans cette attraction !

Il contourna la maison hantée pour se faufiler par l'arrière.

— Quand on était petits, mon grand frère avait trouvé un passage secret. D'après mes souvenirs, il ne devrait pas être très loin… Ah, le voici !

Il s'accroupit vers une petite fenêtre peinte en noire, qui rasait le sol.

— Je précise toutefois : on ne s'est jamais servis de ce chemin pour entrer par effraction, ne salissons pas la réputation de mon frère ! Il l'a trouvé par hasard car je m'étais cassé la figure à cet endroit. Je ne me serais jamais imaginé qu'on l'emprunterait un jour… Voilà, c'est ouvert ! Désolé, les amis ; je vais devoir vous demander de monter la garde ici.

— Hors de question ! répliqua Denki. Je viens aussi !

— Tu es sûr de toi ? questionna Minoru.

— Si la petite est restée enfermée seule à l'intérieur, le temps nous est compté, fit remarquer Fumikage. En cas d'imprévu, nous avons tout intérêt à être nombreux !

— Vous avez raison, approuva Tenya. De toute façon, on n'a pas le loisir d'hésiter. Allons-y !

Il partit en éclaireur.

Denki et Fumikage rampèrent à sa suite pour se faufiler à l'intérieur.

— C'est n'importe quoi ! Pas de discussion ? Vous décidez à ma place, c'est ça ? C'est bon, j'y vais ! Vous vous prenez déjà pour des super-héros, mais on n'est que des lycéens, je vous rappelle !

Malgré ses protestations, Minoru avait fini par les suivre.

— Il fait drôlement sombre ici…

Au début, ils ne voyaient pas grand-chose. Leurs yeux s'habituèrent néanmoins à l'obscurité et ils découvrirent un spectacle impressionnant. Sur le chemin, que l'on avait peine à distinguer, le sol était recouvert d'objets cassés. On aurait dit qu'un typhon avait tout ravagé sur son passage.

Un bruissement se fit entendre, presque imperceptible. C'était comme si une présence se déplaçait très vite et se faufilait dans les interstices du décor en carton-pâte. Non, en réalité, ce n'était pas une présence, mais plusieurs qui se dérobaient dans les coins sombres.

— Qu'est-ce qui se passe ? demanda Minoru, tentant de conserver un ton assuré alors qu'il tremblait comme une feuille. C'est une manifestation des marionnettistes pour obtenir de meilleures conditions de travail, vous croyez ?

— Mais non ! répliqua Tenya, lui aussi tendu et redoublant de vigilance. Cette maison hantée a été conçue pour un très jeune public. Les marionnettes ne sont pas actionnées par des hommes mais par des machines... Rappelez-vous celle de l'entrée : les autres automates sont du même acabit.

— Dans ce cas, pourquoi ont-ils l'air libres de leurs mouvements ? questionna Denki.

— Ce n'est pas notre priorité ! rappela Fumikage. Nous devons avant tout chercher la petite.

Minoru intervint :

— Tu as raison, mais... Au secours !

Soudainement, un pantin en forme de grenouille géante avait surgi et l'avait agressé.

Cette adorable marionnette, conçue à l'intention des enfants, semblait dans la pénombre étrangement inquiétante et difforme.

— Minoru ! l'appela Denki.

— Dark Shadow ! hurla au même moment Fumikage.

En un instant, une ombre en forme d'oiseau jaillit de son corps, avec un cri strident. C'était Dark Shadow, son alter. Il s'envola comme un rapace féroce qu'on aurait libéré de sa cage et, d'un bond, fondit sur la marionnette qu'il détruisit sur-le-champ.

Minoru poussa un braillement d'horreur : le carnage avait eu lieu à quelques centimètres de son visage. Le pauvre garçon était pétrifié.

Dark Shadow, de son côté, n'allait pas s'arrêter en si bon chemin.

— Offrez-moi de nouvelles proies ! mugissait-il.

L'ombre semblait comblée d'avoir été lâchée dans cette obscurité : elle se dilatait et tournoyait à la recherche d'une cible, comme si elle avait oublié l'existence de Fumikage.

Plus les ténèbres étaient profondes, plus sa puissance d'attaque était forte, et plus il était difficile de la contrôler.

— Ça suffit, Dark Shadow !

Mais l'ombre feula en guise de réponse.

Elle ne s'arrêtait pas, au contraire : elle rôdait dans la pénombre et s'abattait sur chacune des marionnettes animées d'une vie artificielle. C'était une véritable hécatombe perpétrée par un rapace noir comme de l'encre, terrifiant et menaçant.

— Il fait trop peur, ton animal de compagnie ! lança Minoru.

Dark Shadow, qui avait très bien entendu, s'immobilisa et se retourna lentement.

— Un « animal de compagnie » ? répéta-t-il, bouillant de colère.

Minoru secoua la tête de droite à gauche, si violemment qu'elle semblait prête à s'arracher :

— Mais non, se mit-il à répéter en boucle. C'est plutôt ton maître qui fait peur !

Dark Shadow n'était plus le seul à se sentir insulté. Fumikage et l'oiseau de jais, irrités, répondirent froidement :

— Lui et moi, nous sommes égaux !

L'ombre noire, furieuse, s'apprêtait à se jeter sur le malheureux. Enfin parvenu à reprendre le contrôle, le garçon lança :

— Dark Shadow, stop !

Mais l'ombre menaçante se déplaçait à la vitesse d'une bourrasque.

— Denki, lâche ton électricité ! cria Tenya.

— O.K. !

Alors que l'alter était à deux doigts de s'abattre sur Minoru, Denki concentra le courant dans son corps et le relâcha subitement. Une lumière éblouissante éclaira la pièce.

Dark Shadow aboya comme un chiot apeuré. Sous ce vif éclat, il s'était adouci et ratatiné à la dimension d'une petite peluche.

Si l'ombre était puissante dans l'obscurité, elle s'affaiblissait à la lumière.

— Sauvé ! s'écria Minoru.

— Bravo, Denki ! lança Tenya. Est-ce que tu peux continuer à relâcher de l'électricité ? L'éclairage facilitera nos recherches.

— Aucun problème !

— Je suis ébloui… se morfondait Dark Shadow.

Fumikage le consola :

— Prends ton mal en patience !

— Yuka, où es-tu ? criait Tenya. Si tu es là, réponds !

Il n'y eut aucun retour à ces appels. Aucune marionnette ne bougeait, elles avaient toutes été détruites. Le silence régnait dans la maison hantée.

— Elle ne doit plus être là, supposa Denki. Tout ce tapage a dû la faire fuir ! Elle doit se terrer quelque part, affolée.

— Elle est ici, rétorqua Dark Shadow, qui avait recouvré son calme.

— Tu es sûr ? lui demanda Fumikage.

— Perdue dans l'obscurité, elle tremble, précisa l'alter.

Minoru le félicita :

— Chapeau ! On voit que vous êtes de la même famille : celle des ténèbres !

— Tu sais où elle est ?

— Ici ! répondit Dark Shadow, en indiquant un puits, dans un coin de la maison hantée.

Un serre-tête avec des oreilles de girafe reposait au pied de la margelle.

— C'est le sien ! s'écria Tenya.

— Elle est au fond du puits, précisa l'alter.

— Est-ce que ça va ?! crièrent les garçons, tout en se penchant au bord.

Leurs voix résonnèrent dans la cavité.

— Il n'y a personne, là-dedans ! lança Denki.

— Si, rétorqua Dark Shadow.

Après avoir réfléchi quelques instants, Fumikage releva la tête et murmura :

— Peut-être que son alter s'est révélé ?

— Celui de Yuka ? demanda Tenya.

— Oui. C'est sans doute un alter qui lui permet de se fondre dans l'obscurité et de manipuler des objets à sa guise. Ça expliquerait non seulement ce spectacle mais aussi sa disparition soudaine.

— C'était donc ça, dit Denki. Dans ce cas, on ne peut pas faire grand-chose… Ça vient et ça s'arrête sans prévenir !

— Yuka ! l'interpella Tenya en baissant sa tête dans le puits. Tout va bien, tu peux sortir !

Le silence régnait dans le gouffre obscur.

— Mais pourquoi ne sort-elle pas ?

— Elle doit avoir peur, supposa Denki, comme tout le monde quand l'alter se manifeste pour la première fois ! Moi, je n'arrivais plus à m'arrêter de produire du courant, j'étais si surpris ! J'étais devenu totalement débile. Ouaiiiiis !

Denki n'avait pas cessé de délivrer de l'électricité depuis un moment. Lorsqu'il approchait des limites de son endurance, son cerveau commençait à en accuser les effets.

— Et moi, poursuivit Minoru, je me suis tellement arraché des boules que ma tête s'est mise à saigner ! J'étais en panique totale !

— Peut-être que Yuka n'arrive pas à retrouver son apparence ? dit Tenya.

Fumikage se décida.

— Je vais essayer de lui parler.

Il s'adressa à l'obscurité au fond du puits :

— Calme-toi. Concentre-toi sur ton être avec un esprit aussi paisible que l'accalmie après la tempête. Ainsi, tu reviendras des ténèbres.

Les trois autres n'adhéraient pas aux tournures de phrase alambiquées de leur camarade de classe.

— Fumikage ! lui lança Denki, malgré son cerveau en pleine consomption. Yuka est en maternelle, je te rappelle !

— Sois plus clair dans ton discours, insista Tenya, sinon tu ne transmettras jamais ton message ! Ne sois pas trop rigide.

— Si c'est toi qui dis ça, maugréa Fumikage, je suis fini !

— Qu'est-ce que ça signifie ?

— Je dois donc être plus clair…

Après un instant de réflexion, il tendit le bras vers le fond du puits et dit :

— Yuka, attrape ma main.

Quelques secondes plus tard, une petite main d'enfant sortit peu à peu de l'obscurité. Elle était translucide. D'un mouvement hésitant, elle s'approcha des doigts de Fumikage, qu'elle finit par toucher. Le lycéen en profita pour la saisir et la serrer fermement.

Comme si le geste et la détermination du garçon avaient convaincu la petite, un corps émergea du gouffre.

— Monsieur oiseau, murmura-t-elle.

Fumikage la rassura :

— Tout va bien, maintenant !

Les trois autres lycéens se réjouirent de ce spectacle.

— Ta mère est morte d'inquiétude ! lui dit Tenya. Il faut vite la retrouver !

Mais la petite fille secoua négativement la tête, par petites saccades.

— Pourquoi ? lui demanda Tenya.

— Elle a eu si peur… Et moi aussi, j'ai peur. Je veux pas être seule dans le noir…

Fumikage avait posé un regard bienveillant sur Yuka, qui pleurait à chaudes larmes.

— L'obscurité révèle ta vraie nature, lui dit-il. Si rien ne te fait honte, rien ne doit te faire peur.

Denki le conseilla :

— Plus simple !

Fumikage se mit à réfléchir.

— Comment te l'expliquer…

Il ne trouvait pas les mots. Alors son alter, caché derrière lui, passa la tête par-dessus son épaule et s'exprima :

— L'obscurité est ton amie !

Fumikage fit volte-face.

— Dark Shadow !

— Lui, c'est ton ami ? murmura la fillette, qui avait sursauté.

— Oui, et c'est mon alter, lui répondit Fumikage.

Elle ravala sa crainte et s'approcha de l'ombre noire.

— Tu n'as pas peur ? lui demanda le garçon.

— Si c'est ton ami, je n'ai pas peur. Et puis, monsieur oiseau… je n'ai pas peur de toi non plus.

— Bien !

— Nous sommes tes amis ! ajouta Dark Shadow.

— Mes amis ! répéta Yuka, avec un sourire radieux.

La gaieté de la petite apaisa les lycéens.

— Il est temps d'y aller, dit Tenya.

Ils sortirent de la maison hantée juste avant l'arrivée du super-héros. Tenya rapporta les faits avec détail et efficacité, si bien que l'agitation prit fin très rapidement.

Les destructions et dommages causés dans l'attraction seraient couverts par l'assurance « alter » contractée par Zoo Dreamland.

— Je ne trouve pas les mots… balbutiait la mère de Yuka, les yeux emplis de larmes. Merci d'avoir sauvé ma fille une fois encore !

Emplie de gratitude, elle souhaitait absolument faire un geste de remerciement. Tenya était embarrassé :

— Madame, ce n'est pas la peine !

— Au fait, demanda Minoru, voulez-vous nous récompenser en nature ?

— Vas-tu te taire ?! s'écria Denki. Il y a une enfant qui écoute, je te rappelle !

Il s'était précipité sur le malotru pour le bâillonner et éviter tout débordement.

— On est des élèves de la filière super-héroïque du lycée Yuei, raconta Tenya. Notre ambition est de devenir des super-héros, on n'a donc accompli que notre devoir. Ainsi, ne faites pas de manières !

Devant ces quatre lycéens pleins de fierté, la mère, admirative, posa une main sur l'épaule de sa fille.

— Regarde, Yuka, ce sont les héros de demain !

— Merci beaucoup ! dit la fillette en se courbant, comme une petite Japonaise bien éduquée.

— À la prochaine ! dit Fumikage en se retirant.

Mais Yuka se précipita vers lui.

— Monsieur oiseau…

— Qu'est-ce qu'il t'arrive ? demanda Fumikage.

Elle leva un visage aux joues empourprées et murmura :

— Monsieur oiseau, tu es comme un prince… Je t'aime !

Fumikage, surpris, écarquilla les yeux.

La mère rougit à son tour tandis que les mines de Denki et Minoru s'assombrirent.

— C'est plus que de la drague à l'envers, commenta le premier. C'est une véritable déclaration d'amour !

— M'en fiche ! Ce n'est qu'une gamine, pas une femme. Mais dans vingt ans… Bon sang, le sort s'acharne !

Minoru levait les mains vers le ciel en signe de désespoir.

— Allons, Yuka, dit Tenya, c'est encore un peu tôt pour avoir un fiancé ! Tu verras quand tu seras grande, et uniquement avec le consentement de tes parents. Bien sûr, tu devras aussi obtenir la permission de ceux de Fumikage !

— J'ai compris ! Je ferai de mon mieux. D'accord, monsieur oiseau ?

La petite fille adressait un sourire radieux à son prince charmant. Fumikage, gêné, affichait un visage crispé.

— Le futur est… obscur.

Les trois Grâces

Alors que Minoru ruminait sa rancœur contre Fumikage, Ochaco Uraraka, un sac de courses à la main, se dirigeait vers le supermarché.

Elle dénombrait ses futurs achats sur ses doigts couverts de coussinets.

— Des carottes en promotion, des oignons, des poivrons, des œufs, du lait… Et des petits oignons au vinaigre. Que faire ? Papa adore en mettre sur son riz au curry, avec de la sauce Worcestershire, et je n'en ai pas non plus à la maison !

Afin de fréquenter le lycée Yuei, Ochaco avait quitté ses parents et vivait seule. Sa famille dirigeait une entreprise de construction, mais les affaires périclitaient et le ménage était en proie à de grosses difficultés financières. Ses parents s'étaient serré la ceinture pour l'envoyer suivre ce cursus d'élite. Ochaco était donc déterminée à devenir une super-héroïne et à gagner un salaire élevé afin de les aider en retour.

Demain, papa va venir à la journée portes ouvertes…

Cette visite risquait d'engendrer d'importantes dépenses en transports. Pour Ochaco, la présence de l'un de ses parents aux portes ouvertes n'était pas nécessaire, et elle leur avait fait part de son opinion. Mais M. Uraraka, très fier de la réussite scolaire de sa fille, avait insisté.

Cette dernière se tracassait.

— Je vais regarder les prix : si c'est trop coûteux, papa devra faire un effort !

Même si son père, qui lui était très cher, avait décidé de venir, Ochaco ne pouvait pas se permettre de dépasser son budget quotidien. Et elle devait à tout prix s'offrir une denrée bien plus importante que de la sauce aigre-douce ou des petits oignons au vinaigre…

Elle sortit de son sac le prospectus du supermarché. Les mots imprimés en caractères rouge criard semblaient danser sur la feuille, mais sur un coin de page, des informations en noir, plus discrètes, brillaient d'un éclat bien plus grand aux yeux de la jeune fille.

« Gâteau de riz découpé en petits carrés – format géant – deux cent cinquante yens[1] ! »

D'ordinaire, le paquet était vendu autour de six cents yens. Cette fois, Ochaco pouvait mettre la main dessus pour moins de la moitié du prix

---

1. Environ deux euros.

habituel. Ces gâteaux de riz étaient divins : elle ne devait laisser passer cette occasion sous aucun prétexte.

Il y avait tout de même une ombre au tableau. À côté du prix se trouvait un astérisque et, au-dessous, une précision : « *Pas plus d'un paquet par client.* »

— Bande de radins ! se disait Ochaco, irritée.

Elle comprenait l'intention du gestionnaire : il voulait sans doute permettre au plus grand nombre de profiter de la promotion. Elle avait bien saisi. Pourtant, lorsqu'elle pensait à toutes les économies qu'elle devait réaliser quotidiennement, la jeune fille d'ordinaire si enjouée fronçait les sourcils, se creusant ainsi deux rides sur le front.

— Si seulement ils pouvaient permettre à chaque client d'en acheter deux… Non, trois, quatre… Voire cinq ! Ils devraient au moins aller jusqu'à dix…

Dans ses rêves, les paquets format géant de gâteaux de riz se multipliaient. Elle s'était mise à les compter à voix haute sans en avoir conscience, comme une vendeuse de marché qui rabattrait des chalands.

— Ochaco, qu'est-ce qu'il t'arrive ?
— Pourquoi « dix » ?

Celles qui venaient de l'interrompre n'étaient autres que ses camarades de classe, Momo Yaoyorozu et Tsuyu Asui.

— Quelle surprise ! s'écria Ochaco. Qu'est-ce que vous faites ici ? C'est rare, de vous voir ensemble !

Ochaco était ravie de tomber par hasard sur elles, un jour férié, dans son quartier.

— De mon côté, je cherchais un manuel à la librairie, expliqua Momo. Sur le chemin du retour, j'ai rencontré Tsuyu.

— J'avais besoin de papier à lettres, ajouta celle-ci, soulevant son sac pour le montrer à son amie. (Il contenait un nécessaire de correspondance.) Et toi, Ochaco ?

— Je fais mes courses ! Comme mon père vient demain, je pensais acheter quelques ingrédients.

Momo se souvint :

— C'est vrai que tu vis seule, j'avais oublié. Alors tu cuisines tes repas toi-même ? Tu m'impressionnes ! Ça doit beaucoup t'occuper…

Devant l'admiration de son amie, Ochaco, gênée, se mit à rire.

— Mais non, pas du tout ! En fait, je n'ai pas le choix : si je mangeais à l'extérieur ou si j'achetais des plats tout prêts, je dilapiderais vite mon budget ! Et puis tu sais, je ne fais pas beaucoup d'efforts : quand j'ai trop la flemme, je mange juste un gâteau de riz… (À ces mots, Ochaco s'interrompit, le souffle coupé.) Mais oui ! Les gâteaux de riz !

Son expression s'était soudain assombrie. Ses camarades ne comprirent pas ce changement d'humeur brutal ; elles échangèrent un regard interrogateur.

— Qu'est-ce qui se passe ? demanda Momo.

— Eh bien…

Ochaco leur expliqua le problème. Les deux filles, d'abord stupéfaites, éclatèrent de rire.

— Tout à l'heure, tu parlais donc de pâte de riz ! s'exclama Tsuyu.

— Tu paraissais si sombre, on se posait des questions… ajouta Momo.

— Vous ne saisissez pas, c'est une promotion en or ! insista Ochaco. Acheter un seul paquet ou deux, ça fait une différence énorme dans mon budget ! Aussi importante que de pouvoir survivre avec un mois de réserves ou le double, vous comprenez ?

Les joues de la jeune fille s'empourprèrent. Momo et Tsuyu, voyant qu'elle était gênée, prirent une décision.

— Je vais t'aider ! lança Tsuyu. C'est un paquet par client, n'est-ce pas ?

— Moi aussi ! renchérit Momo. S'il s'agit d'assurer la subsistance de l'une de mes camarades, je dois faire tout ce qui est en mon pouvoir !

— Vous êtes mes héroïnes ! s'écria Ochaco, comme si elle vénérait deux déesses qui lui auraient accordé leur céleste pitié.

Si les deux autres ne l'avaient pas arrêtée, elle se serait sans doute agenouillée. Les trois filles se dirigèrent donc vers le supermarché.

— Trois paquets de gâteaux de riz ! Youpi ! chantait Ochaco, tout en sautillant.

Elle était aux anges. Même si elle ne flottait pas en ce moment même, elle semblait prête à s'envoler.

Il faut préciser qu'avec son alter, nommé « Gravité Zéro », Ochaco pouvait faire léviter tout ce qu'elle touchait, y compris son propre corps.

— Tu as l'air d'aimer ça, les gâteaux de riz ! commenta Tsuyu.

— Mais à force de ne manger que ça, tu ne te lasses pas ? demanda Momo.

— Mais non, voyons ! Les gâteaux de riz offrent des possibilités infinies : on peut les déguster avec de la sauce soja, ou une pointe de mayonnaise, les envelopper d'une feuille de nori, ou encore combiner ces deux derniers ingrédients, beurre et sauce soja, sucre et sauce soja, poudre de Kinako, natto, natto et kimchi, natto-kimchi-mayonnaise, daikon râpé… Et je ne parle pas des soupes salées, des desserts sucrés, et même du fromage !

— Je n'imaginais pas qu'il existait tant de variantes, avoua Momo. Ma vision des gâteaux de riz était sans doute un peu restreinte.

— En version sucrée, ça marche très bien avec du chocolat ! Une alliance surprenante.

— Du chocolat avec un gâteau de riz ? se demandait Tsuyu. Qu'est-ce que ça peut bien donner ?

— Je n'arrive pas à me représenter ce mariage, dit Momo.

— Même toi, tu n'arrives pas à le concevoir ?

L'alter de Momo se nommait « Création ». Grâce à ses connaissances sur la structure moléculaire d'un grand nombre de matériaux, elle pouvait fabriquer n'importe quoi à partir de son propre corps – êtres vivants exceptés.

— Sans doute est-il plus juste de dire que je n'ai pas envie de l'imaginer, confessa-t-elle.

— Eh bien, je vous concocterai un goûter à base de gâteau de riz avec du chocolat fondu, pour vous remercier !

La proposition d'Ochaco laissa Momo perplexe.

— Si possible, je préférerais essayer les autres combinaisons…

— Moi, ça me tente un peu ! dit Tsuyu.

— Comptez sur moi !

Le magasin était une enseigne nationale qui ne vendait pas seulement de la nourriture mais aussi des articles de consommation courante et de l'habillement.

— Allons-y, les filles ! lança Ochaco.

Ochaco et Tsuyu avaient franchi les portes automatiques et saisi un panier de courses. Elles se retournèrent vers leur amie.

— Nous sommes donc dans un supermarché, dit Momo, en jetant des regards tout autour d'elle.

— Tout va bien ? s'enquit Ochaco.

— Oui, désolée… balbutia la première de la classe. Je ne suis jamais venue dans ce genre d'endroits…

— Une vraie princesse !

— On n'utilise pas de chariot ?

Momo avisait les caddies entreposés à côté des paniers.

— Tu veux t'en servir ? demanda Ochaco en tirant l'un d'eux. (L'héritière des Yaoyorozu la scrutait avec des yeux curieux.) Tu peux le pousser, si ça te dit !

— Tu es sûre que ça ne te dérange pas ? (Momo poussait doucement le chariot.) Ça m'a toujours intriguée… Quelle maniabilité ! C'est très pratique et ça limite la fatigue des bras !

Elle était tout excitée par cette découverte. Tsuyu, malgré son visage figé, devait être en train de rire intérieurement. Elle s'exclama :

— Tu as l'air d'une toute petite fille !

— T'es mignonne ! acquiesça Ochaco, en faisant un signe de la tête.

Momo remarqua la partie du magasin consacrée à l'habillement.

— Ils vendent aussi des vêtements dans les supermarchés ?

— Tu veux faire un tour ? demanda Ochaco. Oh ! Mais on doit d'abord commencer par…

— Sécuriser nos gâteaux de riz ! termina Tsuyu.

— C'est par ici !

Ochaco connaissait les lieux comme sa poche. Alors qu'elles se dirigeaient vers le rayon des aliments tant convoités, Momo poussait son caddie et examinait les étalages de légumes avec attention.

— Ochaco ! lança Momo. Tu as vu ? On peut mettre autant de carottes et de pommes de terre qu'on veut dans le sac ! Faut-il employer celui qui est réutilisable ?

— Non, il faut se servir des sacs qui sont là, sinon ce serait du vol ! Tout sourire, Ochaco se moquait de son amie avec bienveillance.

— Tu as raison, reconnut Momo, confuse. (Ses joues avaient rougi.) Ça me fait penser à ces vols à l'étalage dont la presse parle de temps à autre.

— J'en ai entendu parler ! dit Tsuyu. Certains voleurs utilisent leur alter pour téléporter des objets. Comme ce n'est pas évident de les surprendre, les petits commerçants sont bien ennuyés…

— C'est impardonnable ! s'exclama Ochaco, furieuse. Alors que c'est si difficile de faire tourner ce genre d'entreprises !

Sa respiration était haletante. Elle avait comparé ces cas de vol à sa situation financière précaire et bouillonnait de rage.

— Alter ou pas, c'est une infraction, approuva Momo en hochant gravement la tête. Seuls les crimes atroces ont tendance à attirer l'attention publique, mais un vol n'en demeure pas moins un délit. Les voleurs doivent être surveillés de près. Les égoïstes qui cherchent à profiter du système sont trop nombreux.

À cette remarque, Ochaco eut le souffle coupé.

— Mais alors… murmura-t-elle, tracassée. Que penser d'un individu qui soudoie ses amis pour acheter des gâteaux de riz quand l'offre est limitée à un paquet par client ?

Momo et Tsuyu se regardèrent, puis marquèrent un temps de réflexion.

— C'est une question difficile, répondit Momo. Pour moi, c'est une situation plutôt inédite…

— Dans ma famille, ça arrive parfois ! dit Tsuyu. Mais là, on est entre amies… Est-ce que ça s'apparente à ce que les adultes appellent de la corruption ?

— Si un individu vide le stock, d'autres ne pourront pas profiter de la promotion, c'est sûr…

Tourmentée par cet échange froid et distancié avec ses camarades, Ochaco se prit la tête à deux mains, comme si son cerveau était au bord de l'explosion.

— Et moi qui ai pour but de devenir une héroïne ! Je suis en train de mettre en balance les gâteaux de riz des autres avec mon propre budget nourriture !

Momo tenta de la consoler.

— En parlant de gâteaux de riz… dit Tsuyu en désignant une pile de produits un peu plus loin.

Les jeunes filles se rapprochèrent. De nombreux paquets étaient empilés sur une table en métal.

— Il y en a des tonnes ! s'exclama Tsuyu. Ça ne changera rien, tu ne crois pas ?

— C'est vrai ! renchérit Momo. Trois paquets, c'est comme une goutte d'eau dans la mer !

— Vous avez raison ! conclut Ochaco, soulagée.

Elle plaça un premier paquet dans le caddie. Alors qu'elle était sur le point d'en attraper un deuxième, une petite voix dans sa tête l'arrêta.

— Et si une famille s'apprêtait à en acheter plusieurs ? Pour planifier une fête, par exemple ? (Ochaco se mit à gémir.) Moi aussi, je voudrais tant faire une fête avec des gâteaux de riz ! Que faire ?

Elle était toute confuse, en proie au dilemme.

— J'ai une idée ! Et si on patientait un peu ? proposa Tsuyu. Si, après un petit moment, aucun client ne se sert, Momo et moi on en prendra aussi !

Si le tas a légèrement diminué, une seule des deux en prendra. Enfin, si le tas est devenu rikiki, on s'abstiendra, et tu devras te contenter d'un unique paquet.

— Excellent ! approuva Momo. D'ailleurs, ça arrangera aussi le magasin, qui souhaite éviter les invendus.

— Vous êtes sûres ? demanda Ochaco. Ça va vous faire perdre du temps…

— Aucun souci pour moi ! dit Tsuyu.

— Moi non plus, dit Momo. Et puis, visiter un supermarché est une expérience édifiante.

— Merci beaucoup !

C'est ainsi que les trois amies flânèrent dans le magasin pour patienter. Dans le rayon biscuits, elles échangèrent leurs points de vue sur les gâteaux qu'elles préféraient enfants. Elles étaient heureuses de discuter ensemble. Puis, elles se déplacèrent vers la partie consacrée aux vêtements.

— Au fait, Tsuyu, demanda Ochaco, c'est pour le devoir de demain que tu as acheté du papier à lettres ? Pour la journée portes ouvertes ?

En prononçant ces mots, elle jeta un œil vers Momo avec un sourire attendri.

— On peut même trouver des pyjamas ! s'esclaffait l'héritière.

— Oui ! répondit Tsuyu. J'étais à quelques phrases de la conclusion quand je me suis retrouvée à court de papier à lettres. Une lettre écrite sur deux papiers différents, ça aurait été un peu ridicule, non ? Tu en es où, de ton côté ?

— J'ai terminé ! Et toi, Momo ?

— Moi ? Pareil. Mais je trouve un petit peu gênant de devoir lire devant toute la classe une lettre aussi intime…

— C'est clair ! s'exclama Ochaco avec un rire forcé. Mon père risque d'avoir une réaction excessive et ça m'inquiète beaucoup !

— C'est vrai que, de ton côté, c'est ton papa qui va venir ! commenta Tsuyu.

— Maman était aussi partante, mais après discussion, ils ont décidé que ce serait lui.

— Vous avez l'air de bien vous entendre, dans ta famille ! dit Momo.

— Et toi, ce sera qui ? demanda Ochaco.

— Ma mère. Pour les événements scolaires, c'est toujours elle.

— Elle doit être très chic !

— C'est ce que me disaient souvent mes amis lorsque j'étais petite. Pour moi, c'est une mère tout à fait ordinaire. (Momo souriait avec fierté en la décrivant.) Elle protège bien sa famille, mais elle fait aussi très attention à elle. Je la respecte en tant que femme. (Elle plissa soudain les yeux.) Mais elle a un petit côté maladroit, c'est son point faible.

— C'est-à-dire ?

— Il lui arrive de mélanger le café avec la sauce soja, ou de se laver le visage avec du dentifrice, ou encore de prendre le sucre pour du sel…

— C'est plus que de la maladresse, là ! s'écria Ochaco, avant d'éclater de rire.

— À défaut d'être parfaite, elle est sans doute plus attachante comme ça, commenta Tsuyu.

— Si tu le dis, répondit Momo. Et pour toi, Tsuyu ? Qui va assister aux portes ouvertes ?

— Mon père ! Il a aussi une tête de grenouille : vous le reconnaîtrez tout de suite !

La jeune fille s'arrêta soudain pour coasser, comme frappée par quelque chose d'inattendu. Ses yeux étaient rivés sur ce qui se passait dans le dos de ses amies.

— Que t'arrive-t-il ? demanda Momo.

— L'homme, là-bas, qu'est-ce qu'il a ?

Ochaco et Momo se retournèrent. Elles aperçurent un individu mince, la vingtaine environ. Il baissait la tête, aux aguets, jetant des regards furtifs en tous sens. Les trois filles l'observèrent de plus près. Il transpirait à grosses gouttes.

— Il n'a pas l'air dans son assiette, fit remarquer Ochaco.

— Oui, approuva Momo. Allons le voir avant qu'il ne s'effondre…

Alors que Momo s'avançait dans le but de s'adresser au jeune homme, Ochaco réalisa un fait troublant :

— Attendez ! Ce ne serait pas le rayon lingerie ?

L'homme était en effet en train de rôder parmi les sous-vêtements féminins. C'était un rayon magnifique, semblable à un champ de fleurs aux mille couleurs où surgissaient des touches de rose, de blanc, de noir, de beige, ou encore de violet et de rouge.

Compte tenu du comportement plus que suspect de l'individu, Ochaco et ses amies se précipitèrent derrière un étalage de pyjamas afin de l'épier, discrètes et attentives.

— Un voleur de sous-vêtements ? murmura Ochaco, nerveuse.

— Probablement, mais il est encore trop tôt pour l'affirmer, dit Momo, elle aussi tendue. Il est peut-être tout simplement en train de choisir un cadeau pour sa petite amie ou son épouse…

— À moins que ce ne soit pour lui-même ! chuchota Tsuyu qui, elle, avait gardé son sang-froid, comme à l'accoutumée.

— C'est vrai… Tous les goûts sont dans la nature…

Momo peinait à cacher son trouble et s'efforçait de conserver un ton calme. Ochaco, quant à elle, se représentait une multitude de rêves et de fantasmes potentiels.

— Les possibilités sont infinies, marmonna-t-elle.

— On a l'air d'agents de sécurité, vous ne trouvez pas ? fit remarquer Tsuyu.

— D'ailleurs, où sont les vigiles ? demanda Momo.

Elles examinèrent les alentours. Aucun agent ne surveillait le rayon. Alors qu'elles se tenaient toujours derrière leur pile de pyjamas pour épier le suspect, Ochaco se rendit compte de l'absurdité de la situation.

Elle gloussa :

— On a peut-être trop d'imagination ? Il ne fait sans doute que regarder…

— C'est vrai, mais ça me dérange un peu, avoua Momo. Cela dit, s'il n'a rien volé, il ne mérite pas tant de suspicion…

Elle venait de terminer sa phrase lorsque l'homme saisit une petite culotte blanche et la fourra dans sa poche à la vitesse de l'éclair.

Les trois filles l'avaient surpris en flagrant délit : elles en demeurèrent bouche bée. L'homme détala au pas de course.

Momo s'offusqua :

— C'est un voleur !

— Et s'il se rendait à la caisse ? se demandait Ochaco.

— En tout cas, s'il sort du magasin sans payer, ce sera bel et bien un voleur ! conclut Tsuyu.

Momo et Ochaco, choquées par la scène, débattaient à voix basse alors que Tsuyu s'élançait sans un bruit à la poursuite de l'homme. Les deux jeunes filles se précipitèrent bientôt sur ses talons.

Monsieur le pervers… S'il vous plaît, n'oubliez pas de vous rendre à la caisse ! suppliait Ochaco.

Mais sa prière fut vaine. L'homme se dirigea vers la sortie sans diminuer son allure. Les portes automatiques s'écartèrent. Il était déjà dehors.

— Maintenant, on en est sûres ! lança Tsuyu.

— Eh, monsieur ! Attendez un peu ! l'interpella Ochaco.

Les trois jeunes filles se rapprochaient du voleur en toute hâte. L'homme se retourna. De surprise, son visage vira au bleu. Il s'enfuit à vive allure, si vite qu'il manqua de tomber.

— Il prend la fuite ! s'exclama Momo.

— Attendez ! cria Ochaco.

Pour sa part, Tsuyu coassa.

— Excusez-moi ! Pardon !

L'homme se confondait en excuses sans pour autant stopper sa course.

Mais les trois amies avaient suivi un rude entraînement durant leur scolarité. Elles atteignirent le coupable en un clin d'œil. Au moment où elles s'apprêtaient à l'attraper, l'homme eut un comportement surprenant : il arracha des fleurs dans un parterre et se mit à les manger.

Stupéfaites par ce spectacle, Ochaco, Tsuyu et Momo restèrent interdites. Soudain, des flots de fumée jaune s'échappèrent des narines du voleur. En une fraction de seconde, ils enveloppèrent les jeunes filles.

— Qu'est-ce que c'est que ces particules ? s'interrogea Momo.

— En tout cas, mieux vaut ne pas les respirer, dit Tsuyu, avant de coasser.

Toutes trois furent prises d'une quinte de toux irrépressible. L'homme en profita pour reprendre sa course folle.

— Attendez ! crièrent-elles avant de se lancer à nouveau sur ses talons.

Seulement, un changement était survenu dans leur organisme.

Elles commençaient à se sentir lourdes, lasses. Leurs yeux et leur nez les démangeaient fortement. Étaient-elles victimes d'une illusion ? Il fallait en tout cas continuer en retenant avec peine leur envie de se gratter.

Mais les symptômes s'aggravèrent brutalement. L'inconfort s'était transformé en une véritable torture.

— Je n'en peux plus ! cria Momo, tout en émettant de discrets éternuements.

— Mes yeux et mon nez me grattent ! hurla Ochaco, prise de spasmes violents.

— Ne me dites pas que ce serait... Coâatch ! tenta Tsuyu dont la bouche lâchait un son étrange, proche du coassement.

Après s'être arrêtées, elles se dévisagèrent avec attention. Leurs yeux étaient rougeoyants et elles ne cessaient de renifler. Elles se retenaient à grand-peine de se gratter, et leurs mines renfrognées étaient loin d'être belles à voir.

— Je rêve ou tu viens d'éternuer ? s'exclama Ochaco. C'est trop mignon !

— Ochaco ! lança Momo, qui ne put s'empêcher d'éternuer à son tour. Ce n'est pas le moment. Ces symptômes, ce sont...

— On dirait une allergie au pollen, remarqua Tsuyu entre deux coassements.

— Ça signifie que la fumée jaune émise par le type, tout à l'heure... poursuivit Ochaco.

— N'est autre que du pollen ! termina Momo. C'est sûrement son alter qui fait ça !

— Il a mangé des fleurs, et du pollen est sorti par son nez...

Soudain surprise par un éternuement, Ochaco

eut un geste incontrôlé et toucha Momo du bout des doigts.

— Ah ! cria cette dernière, en s'envolant à cause de Gravité Zéro.

— Désolée, je vais…

Ochaco fut de nouveau saisie par une brutale et incontrôlable série d'éternuements. Elle voulait annuler son pouvoir en joignant les deux mains, mais elle était trop occupée à se couvrir le nez…

Pendant ce temps, Momo s'élevait chaque seconde davantage vers le ciel : les spasmes provoqués par les éternuements d'Ochaco l'envoyaient de plus en plus haut. Elle allait bientôt dépasser la cime des arbres qui bordaient la rue.

— Je bais de… descendre, disait Tsuyu en se pinçant le nez.

Elle déroula sa langue vers Momo et était à deux doigts de l'atteindre quand…

— Coââtch !

En réaction à l'éternuement, sa langue s'était prise dans les branches d'un arbre et continuait de s'y enrouler.

Tsuyu souffrait le martyre tandis qu'Ochaco pestait entre deux crises. Momo, quant à elle, était toujours suspendue dans les airs. Elle s'essuya le nez. Il fallait trouver une solution coûte que coûte... La réponse apparut soudain, comme un réflexe de première de la classe.

Qui dit allergie au pollen... dit masque !

Elle sortit de sous ses vêtements des masques qu'elle venait de fabriquer.

— Tsuyu ! Ochaco ! Avec ceci, vous pourrez prévenir l'allergie !

— Ça ne sert plus à rien, la prévention ! rétorqua Ochaco avant d'éternuer de plus belle. On est déjà en plein dedans !

— C'est vrai, tu as raison ! L'allergie avait altéré jusqu'au jugement, d'habitude si sûr, de Momo.

— Déblocage !

Entre deux spasmes, Ochaco réussit enfin à joindre les deux mains pour annuler son pouvoir. Momo fila vers le sol et la langue de Tsuyu, toujours enroulée autour d'un arbre, la réceptionna, comme un hamac.

Ochaco et Momo libérèrent cette dernière de ses entraves.

— Merci ! J'ai bien cru que j'allais rester enroulée à cet arbre pour toujours !

— Merci à toi, Tsuyu, de m'avoir rattrapée !

Ochaco s'étrangla, indignée :

— En tout cas, il est impardonnable, ce voleur pollinisateur !

— Tout à fait ! approuva Momo. À ce propos… Vous n'avez pas l'impression que les symptômes se sont atténués ?

Les démangeaisons et éternuements s'étaient quelque peu calmés, en effet.

— Son alter n'était peut-être efficace que dans un temps limité ?

— On doit l'attraper, quoi qu'il en coûte !

Mais l'homme avait disparu depuis belle lurette.

— Il a filé par là-bas ! dit Momo. Il n'a pas dû aller trop loin. Courons vite à sa poursuite !

La souffrance et l'humiliation provoquées par l'allergie avaient ravivé la flamme de la colère et le sens de la justice chez les trois jeunes filles.

Elles prirent la direction par où l'homme avait fui et débouchèrent dans une rue quelconque, ni un grand axe ni une ruelle. Mais elles ne l'aperçurent pas. Elles poursuivirent leur marche, tout en questionnant les passants, en quête de témoignages.

Elles ne parvenaient pas à retrouver sa trace.

— Est-ce qu'il est vraiment passé par ici ? s'interrogea Ochaco. Je commence à douter…

— Et si on demandait à la jeune femme, là-bas ? proposa Momo. Excusez-nous, mademoiselle !

Une jolie jeune femme aux cheveux longs se tenait au pied d'une horloge. Elle devait sans doute attendre pour un rendez-vous. Elle regardait tout autour d'elle, l'air perdu, et parut surprise d'être abordée ainsi.

— Vous n'auriez pas vu un jeune homme très pressé ?

Elle répondit après avoir réfléchi quelques secondes, comme si un souvenir lui avait traversé l'esprit :

— J'en ai vu un, oui, mais il ne semblait pas particulièrement pressé !

— Il doit sans doute simuler un comportement naturel pour ne pas attirer l'attention et ainsi se fondre plus facilement dans la foule ! supposa Tsuyu.

Ochaco questionna à son tour la jeune femme, en gesticulant :

— Est-ce que cet homme était fin avec un air un peu timoré ? Et grand comme ça à peu près ?

— Pas du tout ! répondit la jeune femme. Il portait des lunettes et était un peu enrobé.

— Alors, ce n'est pas lui, soupira Ochaco, déçue.

— Désolée de ne pas vous avoir été utile, dit la jeune femme.

— C'est nous qui nous excusons ! (Ochaco hochait énergiquement la tête de gauche à droite.) On est à la poursuite d'un voleur à l'étalage, pollinisateur de surcroît !

— Un « voleur pollinisateur » ?

— Oui, il utilise son alter pour provoquer chez ses victimes une violente allergie au pollen ! Mademoiselle, si vous voyez un homme avec de la fumée jaune qui lui sort du nez, faites attention ! Sur ce, nous vous laissons.

— Attendez ! dit la jeune femme, sans succès, alors qu'Ochaco et ses amies tournaient les talons.

Elle avait légèrement froncé les sourcils.

La fatigue avait fini par gagner les trois filles. Elles décidèrent de se reposer dans un petit parc. C'était une après-midi de jour férié, mais pendant cette tranche horaire, le jardin était presque désert, voire parfaitement vide.

L'endroit comportait des W.-C., bien qu'ils soient exigus.

— Je vais me rincer le visage, annonça Momo. Tous ces éternuements m'ont…

— J'y vais aussi ! J'ai envie de me sentir propre, l'interrompit Ochaco.

— Et moi, j'aurais envie de me laver jusqu'à l'estomac ! dit Tsuyu.

Les trois filles se dirigèrent donc vers les toilettes. Sur le chemin, elles tombèrent nez à nez avec un monsieur qui se précipitait vers celles des hommes.

C'était le voleur pollinisateur.

Pendant un instant, le temps sembla s'être arrêté.

— Ah !

— C'est lui !

Les exclamations des quatre protagonistes résonnèrent dans le parc. Mais, très vite, l'homme détalait de nouveau en toute hâte, en s'excusant auprès des passants.

— S'il suffisait de s'excuser pour tout régler, la police et les super-héros n'existeraient pas ! lança Ochaco.

— Nous vous avons surpris en flagrant délit de vol de sous-vêtement ! poursuivit Momo. Résignez-vous !

Tsuyu releva soudain la direction vers laquelle l'homme décampait : au pied du fugitif acculé s'étalait un parterre de jolies petites fleurs…

D'une main tremblante, l'homme arracha les plantes et se retourna vers Ochaco et ses amies.

— S'il vous plaît, gémit-il. Laissez-moi fuir !

— Il est en train de nous menacer d'émission de pollen si on s'approche trop de lui ! s'écria Momo. Quel lâche !

Traumatisées, Ochaco et ses amies hésitèrent. Elles avaient déjà fait l'expérience de cet alter, et c'était un véritable calvaire.

— Je… Je dois m'y rendre à tout prix, balbutia le voleur, en mangeant des fleurs. Une chance pareille… je ne l'aurai pas deux fois dans mon existence ! Alors, s'il vous plaît…

Le souvenir des masques revint soudain à l'esprit de Momo.

Elle les tira de sa poche.

— Vite, prenez ça !

— Ce sont les masques que tu as conçus tout à l'heure ?

Ochaco et Tsuyu se parèrent de cette protection. Momo fit de même, sans plus attendre.

— Ce n'est que de la prévention : le masque n'arrêtera pas tout. Restez alertes et soyez prudentes !

Momo confia discrètement sa stratégie aux deux filles, qui acquiescèrent sur-le-champ.

Alors que l'homme terminait de ruminer ses fleurs, Ochaco appliqua ses mains sur le revêtement du sol. Le chemin piéton se mit à flotter dans les airs, se dérobant sous les pieds du voleur, qui perdit l'équilibre.

La langue de Tsuyu se déroula en un éclair, passa dans un interstice de son masque et ligota le corps de leur adversaire, en faisant plusieurs tours. Le voleur poussa un cri étouffé.

Désormais captif, il gémissait d'une voix misérable. Il continuait pourtant à mâchouiller ses fleurs, tentant le tout pour le tout. Une fumée jaune s'échappa de son nez.

— Le pollen ! cria Tsuyu.

— Il l'a fait sortir ! s'écria Momo.

Ochaco et Tsuyu se tournèrent vers cette dernière. Elle tenait un éventail qu'elle avait fabriqué avec son alter pendant que ses amies étaient entrées en action.

— Allez, pollen, disparais !

D'un mouvement aussi élégant qu'énergique, Momo éparpilla la poudre avec son éventail. Ochaco se précipita pour l'imiter avec ses propres mains, et lui demanda :

— Ça n'aurait pas été mieux avec un ventilateur ?

— Tu vois une prise, quelque part ? rétorqua Momo. Dans cette situation, l'objet le plus adapté est l'éventail japonais, qui peut créer un grand courant d'air avec un geste minimal !

Le pollen fut bientôt dissipé. Encerclé par nos trois héroïnes, l'homme ne pouvait plus fuir. Momo enleva son masque et fabriqua une corde, avec laquelle elle ligota le coupable.

— Voilà ! dit-elle. À présent, retournons au magasin !

— A… Attendez un peu ! supplia le voleur.

Il tentait d'insister auprès de la jeune fille. Ochaco et Tsuyu le toisaient, les bras croisés.

— Vous n'êtes qu'un mauvais perdant ! lui reprocha Ochaco.

Mais l'homme redoubla d'ardeur pour se justifier :

— S'il vous plaît, laissez-moi au moins l'appeler ! Je suis en train de faire attendre une femme très importante pour moi !

— Vous ne pouvez en vouloir qu'à vous-même ! dit Momo. Tout ça, c'est parce que vous n'êtes qu'un voleur de sous-vêtement !

La tête baissée, l'homme balbutia :

— Vous avez raison, mais…

Il ne pouvait réfuter les accusations de Momo. Il ressemblait à un petit chien qui aurait été abandonné un jour de pluie.

Il semblait si déprimé qu'Ochaco se résolut à lui adresser la parole à la manière d'un vieux et bienveillant commissaire de série télé japonaise.

— Allons, monsieur… Pensez à votre famille ! Vous avez beau désirer les sous-vêtements féminins, vous ne pouvez pas les dérober… Votre mère serait en pleurs si elle savait ce que vous avez fait.

— Excusez-moi, j'irai le rendre au magasin… Euh… Attendez une seconde ! Des sous-vêtements féminins ?

— Vous aviez honte d'aller à la caisse, n'est-ce pas ? demanda Tsuyu à l'homme éberlué.

La fille grenouille avait les yeux aussi ronds que le voleur.

— Minute ! glapit-il, affolé. Un sous-vêtement féminin ? Mais de quoi parlez-vous ?

Momo secoua la tête :

— Ne faites pas semblant d'être idiot ! Nous savons qu'il existe toutes sortes de fantasmes dans notre société.

— Vous aviez envie, pour une fois, de porter un joli sous-vêtement, c'est ça ? dit Ochaco, opinant du chef.

— Pas du tout ! protesta-t-il, avec un vigoureux signe de dénégation. J'ai volé un slip pour homme !

— Mais non, regardez ! lança Tsuyu en tirant une petite culotte blanche et féminine de la poche du voleur.

Celui-ci devint tout bleu, comme si son sang avait entièrement reflué de son visage.

— Et moi qui voulais juste un slip masculin basique ! se morfondit-il. J'étais si pressé que je me suis rabattu sur un slip blanc, enfin c'est ce que je pensais… Normalement je porte des boxers !

Tsuyu constata :

— Ainsi, ce monsieur n'avait pas particulièrement de penchant pervers…

— Ouf ! dit Ochaco, rassurée et en même temps un peu déçue.

— Ça ne change rien au vol qu'il a commis ! décréta Momo.

— Mais pourquoi aviez-vous besoin de ce slip ? demanda Ochaco.

Les trois filles scrutaient l'homme. Il se mit à marmonner des explications embrouillées :

— J'avais sali mon boxer, et…

— Comment ça, « sali » ?

Il poursuivit, les yeux humides :

— J'avais eu le coup de foudre pour elle quand je suis entré à la fac. Miyuki… J'avais enfin réussi à lui proposer un rendez-vous. Ça faisait quatre ans que je l'aimais en secret, et on devait se voir aujourd'hui même ! Je n'en ai pas dormi pendant trois jours, et ce matin, j'étais si tendu que j'ai eu mal au ventre dès l'aube… Je voulais me soulager aux toilettes avant notre rendez-vous mais je n'en ai pas trouvé. Du coup, j'ai eu un petit accident… Même si ce n'était rien de grave, je ne pouvais pas me rendre à mon rencard avec un boxer souillé, vous comprenez ? Je pensais donc le jeter et en acheter un neuf, mais je me suis rendu compte que j'avais oublié mon argent chez moi…

— Pas possible ! lança Ochaco, qui avait, sans réfléchir, posé sa main sur son front.

— L'heure approchait, je devais agir à tout prix, j'étais paniqué, se justifiait l'homme.

— Ainsi, l'accumulation de ces tristes malheurs vous a acculé… dit Momo, qui l'avait pris en pitié et secouait faiblement la tête. Mais ce n'était pas une raison pour commettre un délit !

— Et puis, vous auriez très bien pu ne pas porter de slip ! remarqua Tsuyu, en inclinant la tête sur le côté. Puisque vous portiez un pantalon, elle ne s'en serait pas rendu compte, si ?

— Mais ne pas porter de slip en présence de Miyuki, ce serait lui manquer de respect ! cria l'homme.

Face à la complexité des sentiments amoureux de cet homme, les trois filles ne trouvaient pas de réponse. Tout à coup, une voix féminine familière s'éleva dans leur dos :

— Ça ne m'aurait pas dérangée, que tu sois sans slip !

Les trois amies se retournèrent. Elles virent, à l'entrée du parc, la jeune fille aux cheveux longs qui se tenait quelques instants plus tôt au pied de l'horloge.

— Miyuki ! cria l'homme, pétrifié.

— Ce serait donc elle votre amoureuse ? demanda Momo, encore plus éberluée que le voleur.

— Eh bien ! ajouta Tsuyu, à peine surprise.

— Mon pauvre ami, il s'agissait bien de toi… (La jeune fille s'adressa ensuite aux trois lycéennes.) J'ai fait le lien lorsque vous m'avez parlé tout à l'heure d'un voleur pollinisateur…

Elle se rapprocha doucement. L'homme était sur le point de pleurer, tant il était tourmenté. Il fit un geste pour fuir, mais comme il était ligoté, il tomba piteusement au sol.

— Désolée, j'ai surpris toute votre conversation !

Les trois lycéennes assistaient à un scandale amoureux qui impliquait deux individus un peu plus âgés qu'elles. Ochaco était dans tous ses états, Momo se sentait nerveuse, tandis que Tsuyu les observait en silence, fidèle à elle-même.

— Miyuki, pardonne-moi ! balbutia l'homme. Toi qui avais pourtant accepté de sortir avec moi… Je vaux moins que rien. Tu peux me jeter comme un vulgaire détritus !

— Avec ou sans slip propre, nu ou habillé, tu seras toujours le même ! Tu n'as pas beaucoup de courage et tu manques de confiance en toi… C'est pour cette raison que je ne peux pas m'empêcher de m'inquiéter pour toi…

La jeune fille aida l'homme à se relever et lui sourit avec bienveillance. Devant ce retournement imprévisible, Momo et Ochaco n'étaient pas les seules à avoir écarquillé les yeux de surprise, même Tsuyu était interloquée.

— Par contre, tu as commis un délit, et ça, ce n'est pas bien ! poursuivit Miyuki. Viens ! Toi et moi, on va présenter nos excuses au gérant.

— Tu es sûre ?

— Je viens de te l'expliquer : je me soucie de toi.

— Miyuki !

Ce dénouement heureux et soudain échappait tout à fait à la compréhension des lycéennes. En tout cas, l'amour avait triomphé, semblait-il.

Le couple remercia les trois amies et partit en direction du magasin.

Lorsque leur silhouette disparut au loin, Ochaco et Momo poussèrent un grand soupir de soulagement.

— Je suis crevée ! lança la première.

— Moi aussi, ajouta la seconde. Physiquement et psychiquement !

— Cela dit, on a réussi à attraper le voleur à l'étalage, dit Tsuyu avec sa simplicité coutumière, et son histoire d'amour a l'air de bien se présenter. Tout est bien qui finit bien ?

— En effet ! s'exclama Ochaco. Peut-être qu'ils ne sont pas si mal assortis, en fin de compte : un homme pas très débrouillard, avec une femme qui a la tête sur les épaules !

— Je ne comprends pas trop, avoua Momo.

— Quoi donc ?

— Les sentiments de cette femme ! Vous n'auriez pas envie que votre homme ait un peu plus d'aplomb ? D'abord, il salit son propre slip et ensuite, il commet un vol minable… Non seulement ça ne l'a pas étonnée, mais elle n'a pas non plus imaginé une seule seconde le laisser tomber !

Momo secouait la tête de droite à gauche. Pour elle, cette histoire était insensée.

— Je crois que je la comprends quand elle dit qu'elle ne peut pas s'empêcher de se préoccuper de lui, commenta Ochaco. Elle s'inquiète, tout simplement.

Elle se souvenait de sa première rencontre avec Izuku.

Les cheveux ébouriffés, il portait un immense sac à dos, et ses jambes tremblaient au point que c'en était comique. Cela avait amusé et apaisé Ochaco alors qu'elle était très tendue. En recouvrant son calme, elle avait aussi recouvré la concentration nécessaire pour faire face à l'épreuve.

Lorsqu'il avait trébuché, elle avait donc amorti sa chute sans y réfléchir à deux fois. Par ailleurs, hormis cette anecdote, c'était toujours Izuku qui tirait Ochaco de mauvais pas…

— Tu vas bien ? Qu'est-ce qui te fait rire comme ça ?

La jeune fille rougit et posa ses mains sur ses joues en secouant la tête.

— Rien du tout ! Je me demandais simplement si les femmes qui aiment ce genre d'hommes ne seraient pas plus nombreuses qu'on ne croit. Je veux dire, celles qui craquent sur les maladroits…

— Il faut de tout pour faire un monde, commenta Tsuyu.

— Est-ce que je serais capable d'aimer un slip sale ? murmura Momo, inquiète, en se mordant la lèvre inférieure.

— Un slip sale ? Mieux vaut s'en débarrasser ! répondit Tsuyu, avec son flegme habituel.

— Il suffit de le laver et il sera propre ! rétorqua Ochaco, comme si de rien n'était.

— Je ne parle pas du slip lui-même, précisa Momo, le visage renfrogné.

À cet instant, le ventre d'Ochaco se mit à gronder.

— Tous ces efforts m'ont creusé l'appétit ! dit-elle. Zut ! Les gâteaux de riz !

Les trois filles avaient laissé leur caddie derrière le rayon pyjamas.

— Ça nous était totalement sorti de la tête ! ajouta Momo. Est-ce qu'il en reste encore ? Croisons les doigts…

— On y va ! lança Tsuyu.

Ochaco approuva.

— Maintenant, je me sens prête à manger du riz au chocolat, commenta Momo.

— Tu peux compter sur ma recette !

Toutes heureuses, elles se dirigèrent vers le supermarché, les gâteaux de riz en tête.

À cet instant, elles n'avaient pas la moindre idée de la catastrophe terrible qui les frapperait le jour suivant.

Journée portes ouvertes !

La journée portes ouvertes tant attendue arriva enfin.

Izuku pénétra dans la salle de classe de la seconde A. Ochaco, enjouée, discutait à bâtons rompus avec sa voisine, Tsuyu :

— Pour le dîner, je vais préparer un curry avec des gâteaux de riz. (Elle remarqua l'entrée de leur camarade et le salua amicalement.)

— Salut, Izuku ! dit Tsuyu à son tour.

— Bonjour les filles !

À la vue du sourire chaleureux d'Ochaco, Izuku sentit ses joues s'enflammer. Même s'il commençait à s'y habituer, il n'était pas très serein lorsqu'il adressait la parole à la gent féminine.

— Aujourd'hui, c'est la journée portes ouvertes ! Deku, qui va venir de ton côté ?

— Ma mère. Je suis un peu tendu…

— Moi, ce sera mon père !

— La nervosité, c'est visiblement contagieux ! dit Izuku avec un sourire forcé.

Il longea le mur du fond pour se rendre à sa place, à côté de la fenêtre.

La salle de classe n'avait pas changé mais l'ambiance qui y régnait était tout à fait différente.

Çà et là, les élèves se demandaient qui viendrait, les conversations s'animaient.

Ces portes ouvertes mettent tout le monde un peu mal à l'aise...

C'était la journée où leurs parents visiteraient le lycée, ce lieu qu'ils fréquentaient quotidiennement. La maison et l'école constituaient deux univers familiers, pourtant si éloignés ! Leur simple rapprochement était en lui-même un événement extraordinaire.

Même s'il se sentait gêné par la venue de sa mère, Izuku était heureux.

Au fond, il était fier : lui qui avait toujours rêvé d'intégrer Yuei, il n'était pas mécontent que sa mère assiste désormais à l'une de ses journées d'étude. Et il ne devait pas être le seul à éprouver ce sentiment.

On doit tout de même lire cette fameuse lettre...

Il l'avait rédigée en rentrant de la rétrospective super-héros, en utilisant des phrases génériques du type « je ferai de mon mieux » ou « désolé de t'avoir causé du souci ». Mais c'était justement parce que son discours était sincère qu'il éprouvait de l'embarras.

Le jeune garçon poussa un soupir en affichant une expression perplexe.

— Qu'est-ce qui t'arrive ? lui lança une voix.

— Ah ! Shoto, c'est toi ! s'exclama-t-il en se retournant. Salut !

Shoto, dont les traits ne laissaient filtrer aucune émotion, scrutait Izuku : il attendait visiblement une réponse de son camarade.

Ce dernier le rassura :

— Rien ! J'ai juste un peu honte de lire ma lettre…

— Normal.

Izuku hésitait à ajouter : « J'imagine que c'est pareil pour tout le monde. » Mais il préféra demander :

— Et toi, tu l'as écrite ?

— Oui, à ma grande sœur.

— C'est elle qui va venir ?

— En effet…

— Super ! approuva Izuku en riant.

Devant le bureau de Shoto se trouvait Fumikage, qui discutait avec Tenya, Minoru et Denki. Le délégué remarqua leur présence et les héla :

— C'est une journée parfaite pour les portes ouvertes, n'est-ce pas ?

— Oui ! répondit Izuku. Au fait, c'était comment le parc ? Encore désolé de ne pas avoir pu venir !

— Ne t'en fais pas. (Tenya secoua la tête, avec un sourire.) Notre sortie a été plutôt mouvementée, mais nous en avons bien profité. N'est-ce pas, Fumikage ?

— Ouais…

Pensif, celui-ci baissait légèrement la tête en direction du sol.

— Écoute un peu ! s'exclama Minoru, tonitruant. Fumikage, en fait, il aime les petites filles !

— N'importe quoi ! gronda Fumikage.

Izuku était abasourdi. Denki eut un sourire forcé avant d'ajouter :

— Ce n'est pas ce que tu crois ! C'est juste qu'une fillette a fait une déclaration à Fumikage !

— Comment est-ce arrivé ?!

— Ça va être long de tout te raconter, dit Tenya. Mais voilà la conclusion de l'histoire : chacun ignore à quel moment le destin lui réserve une rencontre. Par ailleurs, levons tout malentendu : non, Fumikage n'est pas un pervers !

— Qu'est-ce que tu en sais ? rétorqua Minoru. On ne connaît pas l'avenir ! Sans doute veut-il sans plus attendre commencer son éducation pour en faire la femme idéale, comme Hikaru, le héros du *Dit du Genji*, ce grand classique de la littérature japonaise…

Fumikage lui jeta un regard plein de mépris et dit :

— Tu confonds avec tes propres fantasmes !

— Mais oui, et je les assume ! J'irai jusqu'à flirter avec les limites de la légalité pour parvenir à mes fins !

— Toi, tu es déjà un criminel sexuel ! lui lança Kyoka.

Minoru débordait dès le matin de désirs lubriques. À côté de Shoto, Momo occupait sa place habituelle et discutait avec Kyoka Jiro. Celle-ci s'était retournée vers Minoru. Ses longs lobes d'oreilles en forme de câbles jack pendouillaient ; il s'agissait en fait de son alter : « Earphone Jack ». Elle pouvait étirer ses lobes et s'en servir pour faire résonner le bruit de ses battements de cœur avec une puissance décuplée.

— La ferme, la limande ! répliqua Minoru, moqueur.

— Répète un peu, tu veux ?!

Le visage de Kyoka s'était transformé en masque monstrueux. Tenya se tenait le menton entre le pouce et l'index, en pleine réflexion :

— Une limande ? À quoi fais-tu référence ?

— À ses petits seins, bien sûr ! répondit Denki.

— Ce n'est pas le moment d'expliciter ! le réprimanda Izuku. Et toi, Tenya, il vaudrait mieux ne pas poser ce genre de questions !

— Pardonne mon impolitesse, Kyoka ! dit le délégué. Mais après tout, il ne s'agit que de poitrine. Elle peut être grande ou petite, il n'y a pas de quoi s'en faire !

— Il a raison, approuva Momo, avec un profond hochement de tête.

La poitrine de Momo était quant à elle si opulente que Minoru avait surnommé la première de la classe « Yaonéné ».

— Venant de toi, ça ne me console pas vraiment…

— Du chocolat avec du riz, vraiment ? racontaient les filles à côté de Momo.

Izuku jugea bien étrange ce télescopage de conversation, mais il s'abstint de tout commentaire et retourna à sa place. Les cours allaient bientôt commencer. Leur professeur principal serait pile à l'heure, comme toujours.

Enfin, théoriquement.

— Il n'est toujours pas là ? demanda Toru, assise au premier rang.

Par habitude, tous les élèves s'étaient précipités à leur place. La sonnerie s'était arrêtée, mais la porte restait close. Tsuyu coassa, dubitative.

— Il est en retard ?

— Impossible ! s'offusqua Tenya. Notre professeur – notre modèle – en retard ? C'est une situation d'une gravité extrême, qui risque de plonger le lycée Yuei dans le chaos !

Le délégué, révolté, gesticulait dans tous les sens en faisant de grands mouvements avec ses mains. Un élève plutôt mince, assis devant Fumikage, tenta d'apaiser sa colère. C'était Hanta Sero.

— Ce n'est pas si grave ! M. Aizawa est un homme avant d'être un prof. Ça peut arriver à tout le monde d'être en retard une fois dans sa vie !

— On vise à devenir des super-héros, des êtres de l'extrême urgence ! le reprit Tenya. Pour ceux qui ont besoin d'aide, le temps, c'est la vie… Une seule seconde de retard est un manquement terrible !

Le délégué était chauffé à blanc, et Izuku se mit à réfléchir.

M. Aizawa serait en retard ? Tenya a raison, c'est exceptionnel…

Après l'attaque de l'Alliance des super-vilains au sein du SCA – attaque qui lui avait causé de graves blessures – M. Aizawa était venu chaque jour en classe comme si rien ne s'était passé, malgré son corps couvert de bandages.

L'adolescent murmura :

— Aurait-il eu un problème ?

Assis devant lui, Katsuki fit claquer sa langue, agacé, et lui lança, sans se retourner :

— Arrête de marmonner dans ta barbe, sale nerd !

— Désolé, Katchan ! Mais tu vois…

Katsuki continua à ignorer Izuku, et garda son regard fixé vers l'avant, exprimant ainsi son refus d'écouter les histoires de son camarade.

Je dois sans doute me faire trop de souci, il est juste un peu en retard. Il débarquera dans quelques instants, j'en suis sûr…

Mais la deuxième sonnerie retentit sans que la porte ne s'ouvre.

Les élèves jugèrent les circonstances suspectes. Un brouhaha s'éleva dans la salle de classe.

— Ce ne serait pas l'heure où nos parents devaient arriver ? fit remarquer Momo.

— C'est vrai, mais on a manifestement encore un peu de temps devant nous, répondit Eijiro, assis à côté de Hanta et tout aussi optimiste que son voisin.

— Absolument personne n'est là, ajouta Momo, les sourcils froncés. C'est tout de même étrange…

— Ils se sont peut-être perdus en route ? supposa Kyoka.

— Il faut avouer que le terrain de notre lycée est immense, poursuivit en riant Mina Ashido, une jeune fille qui portait des cornes.

— Bon, dit Tenya, en tant que délégué de la classe, je me dévoue pour me rendre en salle des professeurs. Attendez-moi ici et tenez-vous prêts à toute éventualité.

Il s'apprêtait à quitter la salle lorsque tous les portables des élèves se mirent à sonner en même temps.

— Que se passe-t-il ? se demanda Izuku, qui avait sorti son téléphone en toute hâte, à l'instar de ses camarades. Ah ! C'est un message de M. Aizawa !

« *Venez tout de suite dans la zone urbaine* » disait le message.

La zone urbaine était un lieu consacré aux manœuvres d'exercices : c'était là que l'examen d'entrée pratique avait eu lieu. On y avait construit des quartiers entiers sur un modèle citadin. Les arrondissements étaient classés de α à σ, et chacun était aussi grand qu'une ville.

— « La zone urbaine » ? lut Izuku. Mais pourquoi ?

— J'ai compris ! ! s'exclama Denki. M. Aizawa a l'intention de tout regrouper là-bas : la lecture des lettres et la visite des équipements du lycée. C'est rationnel !

Denki avait l'impression qu'une ampoule s'était allumée dans sa tête. Il trouvait son idée lumineuse.

Cette éventualité était par ailleurs plausible, compte tenu de l'obsession de M. Aizawa pour l'efficacité. Les autres élèves se levèrent donc à contrecœur pour quitter la pièce.

— Si c'est le cas, nous n'avons pas le choix, dit Tenya. Les amis ! N'oubliez pas vos lettres !

Le délégué avait pris l'initiative de conduire ses camarades sur les lieux. Ils s'engouffrèrent dans le bus qui les attendait devant le bâtiment abritant leur salle de classe. Le lycée Yuei était gigantesque, et comptait de nombreuses lignes qui desservaient ses différents équipements. Le véhicule démarra donc pour parcourir l'immense terrain.

— Il n'aurait pas pu nous prévenir plus tôt ? se lamentait Minoru. Ces déplacements, ça me fatigue !

Izuku, assis à sa droite, répondit par un rire forcé puis devint soudain silencieux, plongé dans ses pensées.

— Tout va bien ? demanda Tenya, son voisin de gauche.

— Je trouve que ça ne ressemble pas à M. Aizawa d'opter pour une façon de faire aussi chronophage.

— C'est vrai, ce n'est pas son genre ! approuva Tenya en clignant des yeux à toute vitesse.

Installé à ses côtés, Shoto gardait le silence et écoutait la conversation avec attention.

Si M. Aizawa, le champion de la rationalisation, avait effectivement préparé son cours de la sorte, il aurait dû tout arranger par avance.

— Izuku, tu cogites beaucoup trop ! rétorqua Minoru. Tu vas perdre tous tes cheveux à force de réfléchir, tu sais ? Il devait sans doute avoir la tête ailleurs ! Et si désormais on le surnommait Monsieur Tête-en-l'air ?

— Comme un personnage de la série des *Monsieur Madame* ? demanda Tsuyu. Sérieusement ?

Ochaco pouffa de rire. Son amie poursuivit :

— Tu seras capable d'assumer ce surnom devant Eraser Head, mon petit Minoru ?

— Pas du tout ! s'écria ce dernier, affolé. T'as pas intérêt à cafter !

Une pensée traversa l'esprit de Tenya.

— Peut-être que M. Aizawa a une idée en tête ?

— Une idée en tête ? répéta Izuku.

— Exactement. Les héros sont toujours appelés dans l'urgence : il veut peut-être nous entraîner à réagir face à ce paramètre ?

— C'est probable, murmura Shoto, inexpressif.

Tenya bâilla soudain.

— Tu as sommeil ? demanda Shoto. C'est rare.

— Désolé, c'est le mouvement du bus qui me berce… Hier, je me suis couché tard. Je ne pouvais pas me permettre une lettre trop longue qui monopoliserait le temps de parole, alors j'ai tout fait pour la raccourcir. Je suis passé de quarante à vingt pages !

— Vingt pages ! s'exclama Izuku. Après avoir raccourci ? Enfin, je voulais dire : c'est beaucoup, de raccourcir de vingt pages !

Tenya secoua la tête, sérieux.

— Mais je ne peux plus couper. Mes sentiments de gratitude sont tassés, concentrés, il m'est impossible de retirer ne serait-ce qu'un mot !

— Je trouvais ta poche bien gonflée, je comprends mieux ! remarqua Shoto, froidement.

Effectivement, la poche de Tenya, dans laquelle était rangé le manuscrit, semblait prête à craquer. Le délégué en tira une enveloppe bouffie.

— Si seulement mon portefeuille était aussi rempli, dit Ochaco en la considérant, rieuse.

Devant son sourire candide, Izuku rit à son tour.

Je me fais sans doute trop d'idées…

Discrètement, il sortit la lettre qu'il avait rédigée. L'enveloppe n'était pas épaisse, mais il avait composé son contenu avec soin.

Maman, tu as apporté des mouchoirs, j'espère ?

Sa mère avait la larme facile. En toute objectivité, le message n'était pas si émouvant, mais la probabilité qu'elle pleure était loin d'être nulle et Izuku, qui s'était imaginé le tableau, s'inquiétait déjà.

Il eut un sourire forcé.

En définitive, cette scène ne se réaliserait jamais, mais en cet instant l'adolescent l'ignorait.

Le bus stoppa à l'arrêt de la zone urbaine, mais les élèves n'y trouvèrent nulle trace de M. Aizawa. Le véhicule rebroussa chemin.

— Il doit certainement nous attendre par ici. Allons-y ! dit Tenya, en levant le bras afin de guider l'assemblée.

Mezo Shoji l'interrompit :

— Attendez… Vous avez senti ?

L'adolescent avait créé un organe à l'extrémité de son tentacule. C'était un nez dont les narines bougeaient, comme s'il voulait aspirer toutes les odeurs flottant alentour. Son alter, « Bras Cloneurs », lui permettait de répliquer d'autres parties de son corps au bout de ces appendices.

— Eh ! Ne m'accuse pas comme ça ! protesta Minoru.

— Je ne parlais pas de toi, dit Mezo. On dirait de l'essence…

— Ils sont peut-être en train de préparer un entraînement spécifique aux accidents de voiture ? se demanda Denki.

Au loin, des cris retentirent.

— Vous entendez ?

Les cris gagnèrent en intensité.

Les élèves se précipitèrent vers leur source et s'élancèrent dans les rues bordées de hauts bâtiments.

Alors qu'il courait, Izuku sentit remonter en lui de façon très nette le mauvais pressentiment ressenti dans le bus. L'odeur de l'essence se faisait de plus en plus prégnante.

Son intuition était devenue réalité.

— Qu'est-ce que… murmura Eijiro qui s'interrompit, abasourdi.

Leur champ de vision s'était soudain élargi : face à eux s'étendait un terrain vague. En temps normal, des bâtiments étaient érigés à cet emplacement, mais ils avaient tous été démolis, offrant aux élèves le spectacle tragique d'un amas de débris.

Au milieu du terrain, un énorme trou béait. Son diamètre devait faire plusieurs dizaines de mètres.

Et au centre de ce trou se dressait, peu volumineuse, une cage qui ressemblait à un gros dé, posé là, isolé. À première vue, elle donnait l'impression de flotter, mais c'était parce que le sol, à cet endroit, avait été rongé comme un trognon de pomme. Le terrain raboté créait une éminence sur laquelle la cage était installée, semblable à une petite tour d'où s'élevaient des cris inarticulés. Ces hurlements formèrent peu à peu des mots intelligibles, et du vacarme émergèrent les noms des élèves de la classe…

Izuku aperçut sa mère derrière les barreaux, vêtue de son tailleur bleu marine. Il se figea.

Ceux qui étaient emprisonnés n'étaient autres que les parents d'élèves. Terrifiés, tous appelaient leur enfant, depuis l'intérieur de la cage.

Les élèves se précipitèrent vers le trou.

— Quelle odeur insupportable ! De l'essence ? dit Ochaco en scrutant l'abîme, le visage renfrogné.

La profondeur était d'environ huit ou neuf mètres. On distinguait un liquide noir, tout en bas.

— Qu'est-ce que ça veut dire ? Pourquoi nos parents sont là-dedans ?

— Que fait M. Aizawa ?

À cet instant, une voix mécanique s'éleva. Elle se moquait, sardonique, des élèves paniqués.

— Il est en train de dormir six pieds sous terre.

Ce timbre altéré était lugubre et l'animosité qu'il laissait transparaître évidente. Izuku et les autres se mirent aussitôt en position de défense.

M. Aizawa aurait été abattu ?

— Impossible ! Ça doit être une mauvaise blague ! Pourtant, ce n'est pas le 1er avril ! Qui es-tu ? Montre-toi !

— Ne vous agitez pas, répondit la voix. Si vous préférez croire à une plaisanterie, libre à vous, mais n'oubliez pas : j'ai des otages.

— Nos parents…

Izuku peinait à suivre cette succession d'événements trop soudains, mais faisait malgré tout son possible pour rassembler les informations à sa disposition. Il balaya du regard les immeubles alentour, en quête du propriétaire de la voix métallique. Tenya et Shoto agissaient de même.

— La voix ne vient pas des immeubles ! dit Mezo, qui avait répliqué une oreille sur son tentacule. Mais de l'intérieur de la cage !

— Tu es sûr ?

— Il a raison, confirma la voix. Je suis ici !

Comme si cette réponse était un signal, les

parents terrifiés s'écartèrent pour faire place à une sombre silhouette humaine, qui se cachait jusque-là derrière eux.

C'était un individu de haute stature, vêtu d'une cape noire avec une capuche. Un masque de la même couleur lui recouvrait totalement le visage.

Les parents d'élèves s'étaient réfugiés dans un coin. Devant ce spectacle, les nerfs d'Izuku se tendirent.

Qu'est-ce qui nous arrive, et pourquoi ?

Tenya tenta de profiter d'un moment d'inattention pour passer en toute discrétion un appel avec son portable, mais l'homme en noir l'arrêta :

— Je préfère vous prévenir d'emblée : vous ne pourrez pas contacter le monde extérieur, ni même l'école ! Il ne sera pas non plus possible d'utiliser l'alter de votre copain électrique…

La silhouette s'était tournée vers Denki.

— Bon sang, c'est pas vrai…

Il nous connaît donc si bien ? se demanda Izuku, méfiant.

— Ne songez même pas à fuir pour chercher de l'aide. Si l'un de vous essaie, j'éliminerai son papa, ou bien sa maman…

— On ne peut rien faire ! hurla l'un des parents. La cage est trop solide !

— Pa… Papa ! criait Ochaco, nerveuse, depuis le bord du trou.

C'est tout ce qu'elle pouvait faire.

— Momo ! Au secours !

— Oh non, balbutia Momo, ma mère a perdu son sang-froid. Si seulement elle pouvait recouvrer ses esprits…

Fortement troublée par cet appel à l'aide, elle n'avait pas relevé la diction presque mécanique de sa mère, comme si celle-ci récitait un texte appris par cœur. À ses côtés, le père de Tsuyu, en parfait second rôle, émit deux longs coassements.

— C'est le cri de détresse de la grenouille !

Tsuyu paraissait calme et imperturbable comme à son habitude, mais on entendait dans son coassement l'anxiété qui la gagnait.

M. Aizawa avait peut-être été abattu et les parents avaient été pris en otage.

Était-ce bien réel ?

Toujours paralysé face au visage inquiet de sa mère, qui avait les larmes aux yeux, Izuku sentit le sang refluer de sa tête.

— Pourquoi faites-vous ça ?!

— J'ai raté le concours de Yuei, dit l'homme, pourtant, c'était mon rêve, ma vie. Je désirais plus que tout devenir un super-héros mais, moi qui suis si brillant, j'ai échoué à l'examen d'entrée. C'est la société qui a tort ! Les gens me traitent de loser tandis que de votre côté, un avenir radieux vous attend. C'est la raison pour laquelle…

On aurait dit que cet homme voulait rendre les élèves fous.

— Tu cherches des boucs émissaires ? l'interrompit Katsuki, en hurlant. Espèce de minable !

— Calme-toi, Katchan !

— J'en peux plus ! Je vais tout de suite le défoncer !

Katsuki esquissa un sourire provocateur, qu'il souligna d'une explosion. Il avait sans doute l'intention d'aller vers la cage, dans ce même élan. Il se mit à courir dans sa direction.

— Attention, j'ai des otages, je vous rappelle !

La mère de Katsuki, qui se tenait tout près de la silhouette, poussa un cri de détresse. Le criminel l'avait empoignée par le bras. Devant cette scène, Katsuki tiqua et s'arrêta net. Il était perdu, hésitant : Izuku pouvait le lire sur ses traits.

— Pourquoi tu t'es fait attraper, vieille peau ? vociféra-t-il.

À ces mots, le visage de sa mère se transforma. L'instant précédent, elle tremblait comme une feuille…

— Combien de fois faudra-t-il te répéter de ne pas me traiter de « vieille peau » ?

L'irritation de Mme Bakugo n'était pas très appropriée aux circonstances. Les élèves, éberlués, fixèrent leurs regards sur elle.

— Tu as de qui tenir, Katsuki !

— Madame Bakugo, murmura la mère d'Izuku, contrariée. N'oubliez pas : nous sommes pris en otage.

— Oui, vous avez raison !

— Restez tranquille, dit l'homme en relâchant le bras de la jeune femme.

— Elle en a du cran ! dit Tenya, étonné.

Izuku rit amèrement, en dépit de la tension.

— Elle n'a pas changé…

Mme Bakugo avait éduqué le chef de bande qu'était devenu son fils. Avec un enfant pareil, une femme effacée se serait laissé mener par le bout du nez et marcher sur les pieds. Il était déjà arrivé à

Izuku de se faire gronder par la mère de Katsuki, parce que ce dernier l'avait impliqué dans ses bêtises.

Mais leur dispute m'a permis de me calmer, remarqua-t-il en poussant un léger soupir.

Enfin, ce que je dois faire – ce que nous devons faire – maintenant, c'est sauver les otages. Tout d'abord...

— Quel est votre objectif ?

Izuku avait posé cette question au criminel car la première chose à savoir, c'étaient ses revendications. Il garda les yeux braqués sur l'homme, en prenant garde, autant que possible, à maintenir un ton apaisé. La silhouette se tourna vers lui et le fixa de son regard sombre.

— Je n'ai qu'un seul objectif, dit la voix mécanique. Anéantir votre avenir si prometteur. J'ai donc décidé de détruire vos précieuses familles sous vos yeux.

— Toute cette mise en scène pour ça ? hurla Mashirao Ojiro.

Il était tellement furieux que sa queue – c'est-à-dire « Tail », son alter – tremblait.

— Si c'est après nous que tu en as, viens un peu par ici ! cria Eijiro. Ne mêle pas nos parents à tes histoires !

Les remontrances des élèves firent rire l'homme en noir. Il leur répondit, moqueur :

— Je me fiche pas mal de détruire vos corps. Je préfère blesser vos cœurs : ça vous fera bien plus souffrir, de voir vos si précieuses familles anéanties par votre faute ! Vous, les super-héros en herbe…

— Si tu veux aussi devenir un super-héros, cesse tes âneries tout de suite ! ne put s'empêcher de crier Momo, indignée.

— C'est vrai ! approuva Mina. Même si tu réussis, tu ne t'en tireras pas comme ça !

— Je n'ai aucune intention de fuir, car je n'ai plus rien à perdre. Tout ce que je désire c'est vous torturer, avant d'achever ma vengeance et ma vie. Regardez bien, une dernière fois, les visages de vos très chers proches. Voyons, par qui vais-je commencer ?

Il allongea le bras vers les otages. Les parents d'élèves se serrèrent les uns contre les autres, terrifiés.

— Arrêtez ! cria Ochaco, désespérée.

Izuku, contaminé par la panique de son amie, réfléchissait à toute allure.

Pour sortir maman et les autres de là, on doit d'abord s'occuper du type qui est dans la cage.

Seulement, si on s'attaque à lui, il risque d'utiliser les otages comme bouclier…

— Et on ne peut pas non plus évacuer les parents dans son dos, poursuivit Izuku à voix haute, sans s'en rendre compte. D'autant plus que selon toute apparence, la cage ne présente aucune faille… Et puis, plusieurs dizaines de mètres nous en séparent. Le vilain nous surprendra avant même que nous ayons atteint notre destination… Aucune idée ne me vient !

— Parle un peu plus bas ! l'arrêta Shoto. Il risque de t'entendre !

— Désolé, je n'avais pas réalisé…

— Tu as trouvé une solution ? chuchota Tenya, se rapprochant de lui.

— Non, pas encore.

— Dans ce cas, faisons diversion ! Mais soyez subtils, s'il vous plaît !

— Pas de problème ! dit Denki. Compte sur nous !

— Il faut trouver rapidement une idée, ajouta Eijiro.

Quelques élèves supplémentaires se joignirent à eux. Ils s'adressèrent les uns après les autres à l'homme masqué, afin d'attirer son attention.

— Voyons, les amis ! lança l'étincelant Yuga Aoyama avec un clin d'œil un peu prétentieux. Vous n'avez rien compris… Vous voulez qu'il vous regarde, n'est-ce pas ? C'est ma spécialité ! (Il s'avança devant les autres, d'un pas de danse gracieux, pour interpeller la silhouette.) Ces méfaits inesthétiques ne sont pas du tout de mon goût… Contemple plutôt mon magnifique visage, il fera disparaître toute velléité criminelle en toi ! N'est-ce pas, Koji ?

— Euh, oui, répondit Koji Koda en tassant son énorme corps, grand comme un rocher.

Tenya réprimanda Yuga, à voix basse :

— Mais pourquoi tu as parlé à Koji, qui a du mal à s'exprimer ?

D'une certaine façon, l'étincelant lycéen avait réussi à attirer l'attention.

Le baraqué Rikido Sato tenta de rattraper le coup :

— Regarde, Koji est embêté !

— Mais que font-ils ? dit Izuku, qui ne pouvait pas s'empêcher de se questionner face au comportement de ses amis.

Shoto intervint :

— Il n'existe pas de solution simple pour attaquer notre ennemi maintenant, tout le monde en a conscience. On parie tous sur ton attaque-surprise.

— Mon attaque-surprise ?

— Mais oui ! C'est ta spécialité, non, de démêler les cas inextricables ?

À ces mots, Izuku resta muet. Il était prêt à fondre en larmes mais il serra les dents pour se retenir.

Ils me confient le sort de leurs familles. Je n'ai pas le temps de pleurer. Allez, réfléchis ! Vite !

Une attaque-surprise... Oui, c'est la meilleure option, puisqu'une attaque frontale est impossible. Je dois trouver une faille chez notre ennemi. Il suffirait d'un seul instant pendant lequel il serait privé de mouvement. Une minuscule seconde permettrait à Tenya ou Katchan de se déplacer. Mais comment immobiliser l'ennemi ?

Izuku eut soudain une illumination.

C'est ça ! Il faut échapper à son attention, et pour y arriver...

Il demanda à Momo, Toru et Ochaco de se rassembler.

— Un Taser ? dit Momo.

— Oui. Le plus petit et le plus discret possible,

mais doté d'une grande puissance. Tu pourrais fabriquer ça ?

Momo acquiesça.

— C'est une excellente idée.

Après quelques instants, elle sortit de la paume de sa main un Taser si compact qu'il aurait pu entrer dans une poche et elle le tendit à Ochaco. Sa camarade opina du chef.

— Je l'ai peint avec un camouflage, c'est plus discret, précisa Momo.

— Je dois maintenant le faire flotter avec Toru, c'est ça ? s'enquit Ochaco.

— Oui ! approuva Izuku. Elle est la seule à pouvoir passer inaperçue !

— Attendez ! Je dois d'abord me déshabiller de la tête aux pieds, dit l'intéressée en commençant à retirer ses vêtements.

Cette scène de strip-tease ne présentait rien de spectaculaire. Aux endroits où elle avait enlevé son uniforme, on ne voyait plus rien, mais Izuku se retourna tout de même par pudeur.

— Une lycéenne qui se déshabille, là, en direct ! s'écria Minoru. Mon cerveau tourne à vide ! Vite, de l'oxygène !

L'adolescent était censé attirer l'attention du coupable avec les autres mais avait déjà oublié sa mission. Il avait empoigné Izuku par les hanches, et avançait, comme un sumo qui essaie de faire sortir son adversaire de l'arène, afin d'atteindre la jeune fille.

À la vue du comportement pitoyable de son camarade de classe, Tsuyu allongea la langue et coassa.

— Même en pleine crise, tu restes fidèle à toi-même, Minoru !

Celui-ci s'était écrasé au sol. Izuku le considérait, perplexe, quand il sentit une tape sur son épaule. Il se retourna, mais ne vit personne : c'était Toru.

— Ça y est, je suis prête ! dit la jeune fille.
— Fais attention à toi…
— Compte sur moi !

À ces mots, Ochaco toucha Toru. L'arme de défense miniature se mit alors à flotter dans les airs, puis se dirigea vers la cage.

Les élèves continuaient de faire diversion. Quand ils remarquèrent l'arme, ils élevèrent encore davantage le volume.

Je vous en supplie, faites que tout aille bien ! priait Izuku, en regardant avec bienveillance le Taser voler.

L'arme arriva enfin derrière l'homme à la cape noire, qui semblait las d'être interpellé. Toru se déplaçait apparemment très bas : l'objet frôlait le sol.

— Combien de fois devrais-je vous dire de vous taire ? demanda l'homme, de sa voix mécanique dans laquelle perçait enfin de l'irritation.

Il faisait les cent pas à l'intérieur de la cage.

Encore un peu, un tout petit peu !

Le pistolet se tenait tout près des barreaux, mais encore à l'extérieur : Toru devait être en train de chercher l'angle parfait, d'attendre le bon moment, conformément aux souhaits d'Izuku.

— Et si j'exécutais le parent de l'élève le plus bruyant, cesseriez-vous ce tapage ?

La silhouette avait arrêté de tourner pour examiner l'assemblée des otages.

Maintenant, Toru !

L'arme passa à travers les barreaux et pointa vers les pieds de l'homme en noir.

À l'instant où elle émit un flash lumineux bleuté, l'ennemi lui asséna un terrible coup de pied qui la fit s'envoler. Elle tomba dans le gouffre rempli d'essence.

— Ah ! laissa échapper Toru.

— Ainsi, une petite mouche invisible se serait infiltrée chez nous ?

Le criminel, fou de rage, était pris de tremblements. Il déverrouilla d'un geste violent la porte de la cage et en sortit en un éclair. Puis, il tira de sa cape un briquet.

— J'avais l'intention de les torturer un par un, lentement, mais je change de plan. Allons tous ensemble en enfer, comme de bons vieux copains…

— Non !

L'homme ignora les appels d'Izuku et lança le briquet dans la fosse.

D'immenses flammes en jaillirent soudain, s'étirant vers le ciel.

Menacé par le courant d'air brûlant généré par l'incendie, Izuku retint sa respiration. Ses joues commençaient à s'irriter, tant la chaleur était intense. Il contemplait, derrière ces flammes vacillantes, les visages des parents, qui faisaient tout leur possible pour ne pas se laisser envahir par la détresse.

Sa mère tendait la main, et l'appelait à l'aide. Izuku imita son geste, machinalement.

Les flammes, excitées par le vent, s'avivèrent. La silhouette de Mme Midoriya disparut bien vite derrière elles.

— Tout est de ma faute…

Sa stratégie avait échoué.

Alors qu'ils m'avaient confié cette mission !

À cet instant, quelqu'un donna un énorme coup de pied dans le dos d'Izuku – un coup à le faire valser, lui qui était déjà prêt à s'effondrer de désespoir.

— Crétin !

Malgré sa perte d'équilibre, Izuku parvint à se retourner. Derrière lui se tenait Katsuki, toujours d'aussi méchante humeur. Il braquait son regard sur le criminel et ricanait d'une manière atroce :

— C'est l'occasion ou jamais !

Eh, tête d'œuf ! Fais-moi flotter !

— Euh… d'accord ! répondit Ochaco.

Elle effleura Katsuki. Il lévita immédiatement et enchaîna des explosions avec sa paume afin de se diriger vers l'ennemi.

Izuku comprit enfin l'intention de son camarade : le criminel était en dehors de la cage, à découvert.

Shoto visa le malfaiteur pour le congeler. De la glace jaillit à la vitesse d'une bourrasque. Katsuki émit un sifflement irrité.

— Tiens, revoilà double face !

La glace emprisonna les jambes de l'homme en noir, qui se trouvait à présent en mauvaise posture.

— Sale type masqué !

Katsuki se plaça à califourchon sur lui, l'immobilisant encore davantage. Le lycéen se servait de ses explosions pour l'intimider.

— Nous aussi, allons-y !

Assisté par Tenya, Izuku s'était relevé. Ochaco posa la main sur lui, prête à utiliser son alter.

— Merci !

— Je te confie mon père ! s'écria la jeune fille, avec une expression désespérée.

Izuku répondit par un hochement de tête. Il n'était pas sûr d'avoir réussi à se composer un visage rassurant.

Je dois imaginer cette chaleur me parcourir de la tête aux pieds...

Il irrigua l'ensemble de son corps du pouvoir qu'All Might lui avait légué, le One for All. Son sang, ses muscles, ses cellules étaient traversés par une puissance si colossale qu'ils en tremblaient. Izuku le sentait. En compagnie de Tenya, il s'envola enfin vers la cage.

De son côté, tout en maintenant le criminel dans sa glace, Shoto s'approchait, Fumikage sur ses talons.

Izuku parvint à destination, léché par les flammes qui s'élevaient depuis le fond de la fosse. Sa mère se précipita vers lui.

— Maman, tu es saine et sauve ? Elle acquiesça. Izuku se retourna aussitôt vers Katsuki.

Celui-ci était toujours occupé à menacer le criminel avec ses explosions tout en le clouant à terre.

— Les vauriens comme lui, je peux les neutraliser tout seul ! cria-t-il. Vous ne me servez à rien !

— Katsuki, ça suffit ! lança sa mère.

— La ferme, vieille peau !

Les retrouvailles auraient dû être émouvantes. Mme Bakugo, à peine sortie de la cage, avait déjà oublié ce détail. Elle s'attelait plutôt à fustiger le comportement de son fils. Le spectacle fit sourire Izuku.

Le criminel choisit ce moment pour dégager son bras de sous sa cape. Il tenait en main un objet de petite taille.

Izuku avait deviné de quoi il s'agissait, mais il n'eut pas le loisir d'esquisser un geste : l'ennemi, de son pouce, actionna le détonateur qui émit un clic.

L'instant suivant, une énorme explosion se fit entendre, provenant d'en dessous la cage. L'édifice en forme de trognon sur lequel était posée la prison se mit à trembler. Des cris fusèrent :

— Qu'est-ce que tu as fait, enfoiré ?! rugit Katsuki en serrant le criminel d'encore plus près.

— Je vous avais prévenus. (L'homme ouvrit la main.) Rendez-vous en enfer, les amis !

Dans la paume du malfaiteur ils purent tous constater la présence de l'interrupteur.

— Il avait préparé une bombe, dit Tenya avant de perdre l'équilibre, le sol se dérobant sous ses pieds.

— Attention ! hurlait Mashirao depuis l'autre rive de la mer de feu. Le pic va s'effondrer ! Vite, évacuez les parents !

À ses côtés, Ochaco et ses camarades tentaient d'éteindre les flammes en utilisant des extincteurs fabriqués par Momo.

Mais c'était peine perdue.

— On n'y arrivera jamais à temps, se désespérait Ochaco.

— Il faut trouver une idée plus efficace, dit Momo. Plutôt que de vouloir maîtriser un incendie incontrôlable… Ça y est, je sais !

Un souvenir lui avait traversé l'esprit.

Des hurlements retentirent.

Le sol s'était incliné dangereusement. Les cris des parents d'élèves devenaient de plus en plus stridents.

Shoto jeta un mur de glace vers l'autre extrémité de la fosse. C'était comme si une main géante s'était soudain allongée vers la cage, jusque-là en équilibre précaire au sommet de la tour au bord de l'effondrement. Cette prison isolée au milieu des flammes était sur le point d'être consumée. Grâce à la glace, la tour s'était à peu près stabilisée. Mais le pont se mettrait bientôt à fondre sous la chaleur, comme de la neige au soleil.

— Mesdames, allez-y en premier ! Accrochez-vous à moi !

Le piton rocheux penchait de plus en plus dangereusement. Les flammes, qui avaient redoublé d'ardeur, donnaient l'impression qu'elles allaient avaler la tourelle tout entière. Les parents d'élèves, inquiets, se tassèrent les uns contre les autres. Mme Midoriya contenait avec peine ses larmes.

Apercevant son fils, elle l'appela.

Mais Izuku ne trouvait pas les mots.

Un héros qui ne sait même pas protéger un être cher est-il vraiment un héros ?

Il plongea son regard dans celui de sa mère et lui dit avec un sourire, retenant ses lèvres de trembler :

— Tout va bien, je te sauverai coûte que coûte !

Il se triturait les méninges à toute allure.

Si on les évacue un par un, on est fichus… Il faudrait les transporter tous d'un seul coup !

Au même instant, la voix de Shoto retentit à ses oreilles.

— Bon sang… Vite !

Shoto créait de la glace en continu. Le pont qu'il avait façonné devenait de plus en plus épais mais comme la glace finissait par fondre, il devait toujours en produire davantage, pris dans un cercle vicieux.

— Un pont de glace, marmonnait Izuku. Glisser… Glissade ? Mais oui !

Il avait trouvé la solution. Il s'écria :

— Un toboggan !

Tenya le réprimanda :

— Qu'est-ce qui t'arrive ? Ce n'est pas le moment !

— Un toboggan, voyons, Tenya ! Tu te souviens ? Comme pendant le cours de sauvetage !

Shoto le corrigea :

— Tu parles du tube de toile ?

Le délégué comprit enfin.

— Je vois ! Tu voudrais évacuer les parents en utilisant ce pont de glace ?

— On n'a plus le temps ! répliqua Izuku. Demandons plutôt à Momo de fabriquer une grande bâche…

— C'est bientôt prêt ! cria Momo, depuis l'autre côté de la fosse enflammée.

Elle avait enlevé sa veste. Dans son dos, mis à nu par une large déchirure de sa chemise, sortait comme un gros morceau de tissu.

— C'est une bâche ignifugée ! expliqua-t-elle. J'étais justement en train de la fabriquer. Ochaco, Hanta, à vous de jouer !

— O.K. !

Ochaco avait réceptionné la bâche, elle l'effleura pour la faire flotter et la transmit à Hanta. Avec son alter « Ruban adhésif », celui-ci possédait des coudes ressemblant à des distributeurs de Scotch, d'où il tirait son pouvoir. Il fixa la bâche à l'extrémité de son ruban et la lança de toutes ses forces en direction de la tourelle.

— À toi, Dark Shadow !

Ce dernier attrapa la bâche qui avait voltigé avant de la remettre à Izuku.

— Merci ! Bravo, Momo ! dit celui-ci en étalant le tissu.

— Mesdames, messieurs ! cria Tenya. Veuillez embarquer !

Les parents d'élèves, tremblants comme des feuilles, s'exécutèrent d'un pas mal assuré.

— Toru, tu es montée ? s'enquit Izuku.

— Oui, j'y suis !

— Tenya, tu tireras la bâche avec ton « Engine » ! Et nous, on poussera à l'arrière. Shoto, peux-tu continuer à utiliser ton alter de glace jusqu'à atteindre tes limites ?

— Affirmatif !

— Et le criminel ? demanda Fumikage.

Katsuki avait relevé l'homme en noir, en l'attrapant par le col. L'ennemi semblait avoir perdu toute velléité de se battre, sage comme une image.

— On ne peut tout de même pas le laisser ici !

— S'il fait un truc louche, je l'explose ! dit Katsuki.

À cet instant, le sol s'inclina de nouveau dangereusement.

— Izuku !

Tenya se positionna à l'avant, et son ami attrapa l'autre extrémité de la bâche, à l'arrière. Le délégué lança par-dessus son épaule :

— Allons-y !

Je vais tout donner ! Maintenant ! Surcouplage… Recipro Burst !

Alors que Tenya s'était mis à courir, une fumée noire s'éleva, accompagnée d'une détonation au niveau des moteurs de ses mollets. Il pouvait les contraindre à tourner en surrégime pour générer une force de propulsion explosive. C'était son atout secret. Seul problème : cette astuce le faisait caler après quelques instants d'utilisation.

Afin de ne pas se laisser emporter par la vitesse de Tenya tirant la bâche, Izuku, Fumikage et Katsuki durent redoubler d'efforts. Les deux extrémités à l'arrière étaient tenues par Dark Shadow, en lévitation au-dessus d'eux. Shoto, à la dernière minute, avait sauté sur le tissu ignifugé tendu par ses amis.

Tenya était si rapide que le mouvement de ses jambes créait de véritables bourrasques. Il s'engagea en glissant sur le pont, qu'il franchit en un clin d'œil. On aurait dit une machine à vapeur débridée. Il ne prêtait même pas attention aux cris affolés des parents d'élèves. Ses jambes étaient déjà arrivées de l'autre côté de la fosse. Il foula le sol.

— Hourr…

À l'instant où Ochaco et ses camarades, qui attendaient la bâche en priant pour leurs proches, s'apprêtaient à hurler de joie, la tour s'effondra avec grand fracas. Le pont de glace se disloqua subitement, et avant que la bâche ne l'ait complètement franchi, il se brisa et finit avalé par les flammes. Izuku et ses amis, se retrouvant sans appui au-dessus du vide, n'eurent d'autre choix que de se suspendre à l'extrémité de la couverture.

Ils laissèrent échapper des cris d'effroi. La lettre tomba de la poche d'Izuku et brûla comme un fétu de paille avant de disparaître, ses débris emportés par le vent.

La bâche allait sombrer dans la mer de flammes,

mais Tenya s'en aperçut à temps. Il redoubla d'efforts pour la tirer à lui. Ochaco et ses amis l'y aidèrent.

À la dernière minute, ils réussirent enfin à la soulever. Mais dans cet élan, la mère d'Izuku, qui se tenait à l'un de ses bords, lâcha la toile et, durant quelques instants, sembla comme en apesanteur au-dessus du gouffre incandescent.

Elle hurla.

— Maman ! cria son fils en retour.

Une main s'allongea pour rattraper Mme Midoriya au vol et la replacer sur la bâche.

Contre toute attente, son propriétaire n'était autre que le criminel. Izuku et sa mère, seuls témoins de cet événement, restèrent éberlués.

L'instant d'après, la bâche, sur laquelle se tenaient les parents, fut posée sur la terre ferme.

— Sauvés, murmura Izuku.

Sa mère accourut vers lui.

— Tu es sain et sauf ?

— Oui... Et toi, maman ?

Elle lui caressait le dos et déversait sur son épaule des flots de larmes. Le jeune garçon fronça les sourcils.

— Je t'ai encore donné du souci.

Tout à coup, une idée lui traversa l'esprit.

Il chercha du regard le criminel, tout autour de lui.

— Où est-il ?

L'homme se tenait à quelques pas de leur groupe. Il applaudissait.

— Félicitations ! Le cours est terminé pour aujourd'hui !

— De quoi parle-t-il ?

— Ligotons-le ! Il faut prévenir l'école !

— Sans parler de M. Aizawa…

Face à la stupéfaction générale, une voix familière et apathique s'éleva.

— Je suis là !

Sorti de l'ombre d'un bâtiment en ruine, leur professeur principal se présenta, dans sa tenue habituelle.

Devant ce dénouement inattendu, les élèves étaient plongés dans la confusion. M. Aizawa était apparu parmi eux comme si de rien n'était. Il s'adressa aux parents d'élèves :

— Mesdames, messieurs, je vous remercie pour votre prestation ! Vous étiez très crédibles, bravo pour votre jeu d'acteur !

— Monsieur, vous êtes trop aimable ! s'exclama le père d'Ochaco, avec un rire franc. On forme pourtant une belle bande d'amateurs ! On n'aurait rien pu faire sans vos excellentes instructions !

La mère de Momo poussa un soupir de soulagement, comme si elle venait d'être libérée d'une très pénible obligation :

— Mon Dieu, que j'ai eu le trac !

À ses côtés, le père de Tsuyu échangeait avec la mère de Katsuki.

— Quand je vous ai vue hors de vous, madame Bakugo, disait-il entre deux coassements, je me suis demandé si nous allions parvenir à maintenir l'illusion…

— Désolée, c'était plus fort que moi.

Les parents entretenaient à présent une discussion amicale et détendue. Difficile d'imaginer qu'ils semblaient pétrifiés d'horreur à peine quelques instants plus tôt. Avisant ses élèves encore interloqués, M. Aizawa leur expliqua :

— Vous n'avez toujours pas compris ? Pour faire simple, disons que c'était une caméra cachée !

Des protestations retentirent dans la zone urbaine.

— Même le criminel était un faux ?

— Eh oui… Il fait partie d'une troupe de théâtre, on l'a recruté pour l'occasion.

— Ah… oui, c'est bien ça, balbutia l'homme au masque noir. Désolé de vous avoir fait peur !

Il se grattait la tête d'une manière presque attendrissante.

— Je n'arrive pas à y croire ! dit Denki, qui sentit son corps se détendre.

À ses côtés, Katsuki persifla :

— Je comprends mieux pourquoi il était si nul ! Un vulgaire figurant !

— Attendez un peu ! C'était tout de même excessif : la moindre erreur aurait pu entraîner des conséquences désastreuses, de graves blessures !

M. Aizawa répondit sans détour aux plaintes quelque peu hésitantes de Momo :

— Tout avait été pensé minutieusement. Les super-héros doivent côtoyer le danger en permanence. À quoi aurait servi un cours en demi-teinte ?

— Vous avez raison, mais…

— Tu étais effrayée ? demanda le professeur, en fixant Momo et en pesant chacun des termes employés. Tu as eu peur pour ta mère ?

— Oui. J'étais terrifiée, répondit la jeune fille, abattue.

— Les mots sont insuffisants quand il s'agit de mesurer l'importance de notre famille. On ne réalise combien on tient à ses proches que lorsqu'on s'apprête à les perdre. Vous en avez fait l'expérience, et c'était mon but. (Il balaya l'assemblée des élèves du regard.) Vous savez pourquoi ? Afin de sauver des vies, la puissance, la technique, les connaissances, et la bonne évaluation des circonstances sont indispensables. Mais nos décisions sont influencées par nos émotions… Même plus tard, en tant que pros, arriveriez-vous à protéger vos familles si elles étaient en danger, sans perdre votre sang-froid ? Ce cours déguisé en journée portes ouvertes devait vous permettre de vous poser cette question. C'est compris, Momo ?

— Oui, monsieur Aizawa, dit-elle en hochant la tête.

En son for intérieur, Izuku approuvait.

— Je dois encore insister sur un point ! poursuivit le professeur. Il ne suffit pas de savoir garder son calme pour être un super-héros. Vous sauvez des vies, certes, mais il s'agit aussi de prendre conscience que ces gens ont souvent une famille qui tient à eux, et vice versa. Retenez-le bien !

Les élèves avaient bu les paroles d'Eraser Head. Ils acquiescèrent à haute voix, en opinant de la tête.

— En résumé : vous avez réussi à secourir tout le monde, mais vous auriez pu faire mieux ! récapitula le professeur.

— Comment ça ?

— Le criminel jouait en solo. Vous étiez risibles ! Tout ce temps perdu… Et puis, un Taser ? Vous n'auriez pas pu trouver une solution un peu plus rationnelle ? Je ne parle même pas de votre technique pour attirer l'attention du malfaiteur : vous n'avez fait que l'apostropher ! Bravo la créativité… Bref, la liste des critiques est interminable, mais je vous accorde la moyenne, de justesse !

Les élèves, rassurés d'avoir tout de même réussi l'examen, se détendirent.

— Vous écrirez vos impressions sur cette journée pour un rendu demain !

La seconde A poussa des cris de protestation. Tenya leva la main.

— Et la lecture à voix haute de la lettre ? (Il n'avait

pas abandonné.) Vous nous auriez menti pour nous détourner de toute cette mise en scène ?

— La rédaction vous a permis de considérer vos proches sous un autre jour, n'est-ce pas ?

— C'est vrai, admit Tenya.

Une sonnerie annonça la fin des cours.

— C'est fini pour aujourd'hui ! conclut M. Aizawa. Vous pouvez rentrer. Et je remercie tous les parents d'élèves pour leur coopération !

Ceux-ci remercièrent à leur tour le professeur. Enfin, les élèves rejoignirent leurs proches.

Mme Iida complimenta son fils :

— Tenya, ta dernière action m'a beaucoup impressionnée !

— C'est peut-être grâce au jus d'orange que tu as pressé pour moi ce matin ! répondit le délégué, non sans fierté.

Non loin, M. Uraraka massait le dos de sa fille.

— Ça va, Ochaco ?

— Comme j'étais en pleine poussée d'adrénaline, les nausées n'arrivent que maintenant…

La jeune fille ponctua sa phrase par un vomissement.

— Tu t'es démenée, je l'ai bien vu, lui dit son père.

— Évidemment !

Les Bakugo se querellaient.

— Mais pourquoi tu parles si mal ? Qu'ai-je fait pour mériter un gosse pareil ?

— Ça vient peut-être de toi, vieille peau !

— J'essaie juste de me mettre à ton niveau !

Shoto discutait avec sa grande sœur.

— Par chance, c'est moi qui suis venue à la journée portes ouvertes, disait-elle. Si maman avait dû jouer les otages, elle se serait évanouie !

— C'est sûr !

— Mademoiselle Todoroki ! lança M. Aizawa, qui s'approchait d'eux.

Fuyumi et le professeur se saluèrent.

— Au lycée Yuei, nous filmons quasiment tous les cours de super-héros 101. Cette leçon ne fait pas exception. Ainsi, si vous le souhaitez, je pourrai vous transmettre les images de l'enregistrement dans les jours qui viennent.

— Vous êtes sûr ?

— Aucun problème si c'est pour une diffusion dans le cercle familial, dit M. Aizawa en s'éloignant.

— Merci beaucoup ! s'exclama Fuyumi en joignant les mains en signe de gratitude. (Mais le professeur était déjà parti. Elle se tourna ensuite vers son petit frère.) Il a dû comprendre qu'on voulait montrer la vidéo à maman. Toi aussi, tu devras bien le remercier, d'accord ?

— Oui, je sais…

— Maman sera aux anges !

Le visage du jeune garçon se décrispa un peu.

À quelques pas de là, la mère d'Izuku se justifiait auprès de son fils.

— Désolée de ne pas t'en avoir parlé, mais ça faisait partie de votre initiation. Enfin, M. Aizawa nous a présenté les choses ainsi… Alors je me suis dit que si je pouvais coopérer, je devais faire de mon mieux !

Et elle s'excusait, encore et encore.

— Ça suffit, arrête !

Izuku secouait la tête avec un sourire amer. Il jeta un œil au tailleur bleu marine de sa mère ; il était sali par endroits par des traces de terre.

C'est pour ça qu'elle voulait un vêtement qui ne soit pas trop salissant ! J'ai encore du chemin à faire…

Il poussa un soupir, déçu de lui-même.

— Quand tu as dit : « Tout va bien, je te sauverai coûte que coûte », tu ressemblais à un véritable héros ! poursuivit sa mère.

Mme Midoriya souriait. Ses yeux étaient embués de larmes.

Son expression réchauffa le cœur de son fils.

Aurais-je réussi à la rassurer un tant soit peu ?

Izuku sentit différentes émotions l'envahir tour à tour – la gêne, la joie, la fierté –, suivies par une sensation de chaleur.

Ses lèvres esquissèrent un sourire sans qu'il puisse le contenir, et il se souvint de la lettre qui avait brûlé.

Je dois essayer de lui dire ce que je ressens. Même partiellement.

— Je suis désolé de te donner si souvent du souci. Je veux faire de mon mieux, c'est pour ça que…

— Je sais, mon fils, répondit-elle, les yeux toujours plus remplis de larmes. Et je serai toujours là pour veiller sur toi.

Elle cachait son inquiétude derrière un air confiant et des paroles rassurantes, mais Izuku n'était pas dupe. Il se retint de pleurer et lui dit :

— Merci, maman !

— Et si on mangeait du riz au porc pané, ce soir ?

— J'en ai déjà l'eau à la bouche !

Ils prirent place parmi l'assemblée des élèves et de leurs proches et avançaient vers l'arrêt de bus quand Mme Midoriya aperçut l'acteur qui avait joué le rôle du méchant. Il se tenait à quelques pas du reste du groupe.

— Nous devons remercier ce monsieur !

Et elle se dirigea vers lui en courant.

— Merci beaucoup pour tout à l'heure ! dit-elle, avec un petit signe de tête poli.

Izuku imita sa mère.

— Ne me remerciez pas ! répondit l'homme. C'est tout à fait normal ! Vous êtes saine et sauve, et j'en suis très heureux !

Izuku, interloqué par cet échange, scruta l'acteur.

— Qu'y a-t-il ? balbutia celui-ci. J'ai quelque chose sur le visage ? Enfin, oui... Je porte un masque !

— Maman, tu peux continuer jusqu'à l'arrêt ? Je te rejoins tout de suite !

Alors que sa mère prenait de l'avance, Izuku releva la tête vers l'individu vêtu de noir et le fixa attentivement.

— Vous êtes All Might ?

— Tu m'as démasqué !

L'homme balaya les alentours du regard et s'assura de l'absence de témoins avant de retirer son masque. Il s'agissait bien de son idole, sous sa véritable apparence.

— Je le savais ! s'exclama Izuku, les yeux brillants.

— On s'est longuement concertés avant de se mettre d'accord, raconta le super-héros. De tous les profs, c'était moi que les élèves auraient le plus de mal à reconnaître. Shota m'a transmis des directives très strictes quant à mon interprétation théâtrale. J'ai regardé des films, je me suis bien renseigné... J'étais persuadé que je ne serais pas démasqué !

— Je ne m'en étais pas du tout rendu compte ! C'est juste à la fin, quand vous avez sauvé ma mère, que j'ai eu un flash. « Ça ne peut être qu'un super-héros », me suis-je dit, « Il n'a pas eu une once d'hésitation, il semble rodé à l'exercice... » Et une fois cette idée en tête, j'ai prêté attention à la silhouette de l'ennemi. C'était bien sûr la vôtre, All Might...

— Porter secours, c'est dans ma nature... J'ai agi avant même d'y avoir pensé !

— Je vous remercie encore d'avoir sauvé ma mère, dit Izuku en se courbant légèrement vers le sol en signe de déférence. Du fond du cœur !

Après avoir terminé sa phrase, il garda la tête baissée.

— Qu'est-ce qui t'arrive, mon garçon ?

— J'ai encore du chemin à faire, marmonna-t-il. Si vous n'aviez pas protégé ma mère à cet instant, elle aurait…

Et si maman avait été blessée ?

Cette pensée torturait Izuku.

Mais le héros le consola :

— Je suis trop impatient ! Si je ne l'avais pas sauvée, tu l'aurais fait à ma place !

— All Might…

Son mentor le coupa :

— Pas d'excès de modestie ! Quand elle dépasse les limites, elle devient insupportable.

— Bien sûr, je ne voudrais surtout pas vous contrarier ! Je me sentirais beaucoup trop mal…

Izuku levait vers le professeur un regard ému. Ce dernier donna plusieurs tapes énergiques dans le dos du lycéen et éclata de rire :

— It was an American joke !

— Vous pourriez me dire ce qu'il y a d'américain dans tout ça ? répondit Izuku, peu convaincu.

— Tu n'es pas prétentieux et c'est bien ! ajouta All Might avec son éternel sourire immaculé. Mais tu peux aussi accepter les compliments ! Sans blague, aujourd'hui, mon garçon, tu as été étonnant ! Ta détermination à sauver tous les otages, ton calme lorsque tu as combiné une stratégie dans un temps limité avec le concours de tes camarades… J'aurais presque eu envie de me faire attraper par toi, en tant que criminel ! Tes amis et toi, vous avez fait de merveilleux super-héros.

Touché par les louanges de celui qu'il admirait tant, Izuku éclata en sanglots. All Might, submergé par ce torrent de larmes, ne put s'empêcher de protester :

— Il faut vraiment soigner ce côté pleurnichard !

— Veuillez m'excuser !

Impossible pour lui de s'arrêter. Izuku savait qu'il renvoyait une image déplorable mais il ne pouvait pas se contrôler.

Même si j'en suis encore loin, voilà ce que je veux devenir : un héros super classe qui répond aux attentes des gens avec le sourire !

C'est ainsi qu'à travers ses larmes, il sourit.

Comme un super-héros qui, un beau jour, répondrait lui aussi aux attentes de son prochain.

Chap. 7
Épilogue

Une silhouette s'approchait en toute hâte de l'entrée du lycée Yuei.

C'était celle d'un homme fier et intrépide, au corps musculeux, qui portait une barbe de flammes : Endeavor, le héros incandescent. Autrement dit : le père de Shoto.

Mais avant qu'il ne passe le robuste portail de l'école, celui-ci se referma avec fracas.

Même si celui qui se présentait était un parent d'élève, un héros célèbre, et de surcroît un ancien élève de Yuei, le système de sécurité très rigoureux empêchait tout individu de franchir le portail sans carte d'étudiant ou autorisation spéciale.

— La journée portes ouvertes va se terminer !

Parce qu'il brûlait d'impatience, et malgré l'inutilité du geste, Endeavor se mit à frapper violemment le portail. Dans sa main, il tenait un papier où était imprimé « Journée portes ouvertes – feuille d'information ».

Il avait trouvé ce fax un peu plus tôt, glissé sous son bureau.

Depuis l'internement de son épouse, son fils ne l'approchait qu'en cas d'extrême nécessité et ne venait jamais lui parler. Cet événement représentait donc la seule occasion de s'enquérir de la façon dont Shoto avait évolué.

Alors qu'il s'évertuait à malmener le portail, un souvenir lui revint en mémoire, débouchant sur une idée.

Et si je contactais l'autre ?

Cet homme qui se mettait en travers de son chemin, qu'il haïssait plus que tout et qui était devenu professeur au lycée Yuei… Oui, All Might pourrait peut-être l'aider à entrer.

Le visage d'Endeavor se renfrogna : il était de mauvaise humeur.

Ce type… Pourquoi m'a-t-il laissé ce curieux message sur mon répondeur ?

Endeavor l'avait effacé sur-le-champ. Non, il ne pouvait décidément pas demander un service à quelqu'un qu'il détestait.

À cet instant, et alors qu'il n'avait pas cessé de frapper le portail, les battants s'ouvrirent, comme si sa prière avait été exaucée.

— Je me demandais qui pouvait taper comme un fou… C'est toi, Endeavor ? Ça fait un bail !

Recovery Girl, l'héroïne dans la fleur de l'âge, était apparue sur le seuil. Elle marchait avec une canne en forme de seringue et était coiffée d'un chignon tout rond. C'était une éducatrice spécialisée dans les soins, une vieille dame. Endeavor salua respectueusement son aînée :

— Bonjour ! Oui, ça fait longtemps !

— Quel bon vent t'amène ici aujourd'hui ?

— Eh bien, c'est la journée por…

Il s'arrêta net, soudain conscient de l'étrangeté de la situation. Lui, le numéro deux des super-héros, aurait utilisé son précieux temps pour assister aux cours de son fils ? C'était inavouable. De quoi aurait-il l'air ? D'un père au foyer complètement gaga de sa progéniture ?

Un super-héros était forcément un dur à cuire. Il lui fallait préserver cette image.

Il s'éclaircit la gorge avant de s'exprimer :

— Je suis passé par ici par hasard, et l'envie m'a pris de voir comment se portait mon ancienne école, par nostalgie.

Même s'il le cachait, il brûlait d'assister à cette journée portes ouvertes qui, s'il ne se dépêchait pas, allait bientôt se terminer.

Recovery Girl feignit d'ignorer l'impatience d'Endeavor.

— Au fait, ton fils n'est pas en filière super-héroïque ?

— C'est effectivement le cas, Recovery Girl !

L'héroïne lui avait lancé une perche à laquelle il s'agrippait de son mieux.

— Aujourd'hui, c'était la journée portes ouvertes. On a dispensé aux seconde A un cours façon « caméra cachée ». Les parents ont été pris en otage. Nous souhaitions observer comment les élèves dupés se débrouilleraient pour les sauver.

— Eh bien, les profs se démènent…

Endeavor imaginait les prouesses de son fils : Shoto avait hérité de ses gènes et était doté d'un alter très puissant, il avait donc obligatoirement brillé…

Endeavor revenait à sa préoccupation première. Il était de son devoir de s'enquérir de l'évolution de ses gènes. Rien à voir avec un père au foyer empli d'admiration.

— Bon, puisque je suis ici, je vais aller voir…

— C'est terminé depuis belle lurette !

Il se figea.

— C'était un cours très animé, m'a-t-on dit.

— Si seulement je l'avais su plus tôt, soupira Endeavor, trahissant ses pensées.

— Tu passais vraiment ici par hasard ? En fait, tu es venu exprès pour y assister, n'est-ce pas ? (Recovery Girl souriait.) Tu peux être plus franc, tu sais ! Je la vois depuis tout à l'heure, la feuille d'information roulée dans ta main !

Endeavor resta de marbre mais enflamma le fax sur-le-champ : il fallait toujours détruire les preuves.

— Un héros ne doit pas utiliser son alter pour des raisons personnelles !

— Mais de quoi parlez-vous ? Votre presbytie serait-elle en train de s'aggraver ?

Recovery Girl parut excédée. Endeavor, le visage légèrement crispé, songeait :

Bon sang ! Si seulement le fax n'avait pas glissé sous mon bureau…

D'ailleurs, comment s'était-il retrouvé là ? Shoto ne voulait pour rien au monde que son père assiste à cette journée : c'était peut-être un tour du destin…

BOKU NO HERO ACADEMIA YUUEI HAKUSHO
© 2016 by Kohei Horikoshi, Anri Yoshi
All rights reserved.
First published in Japan in 2016 by SHUEISHA Inc., Tokyo.
French translation rights in France and French-speaking Belgium,
Luxembourg, Monaco, Switzerland, and Canada arranged by SHUEISHA Inc.
through VIZ Media Europe S.A.R.L., France.

Édition française

Traduction :
Hana Kanehisa

Maquette :
Célia Schwab

ISBN : 979-10-327-0390-8
Dépôt légal : janvier 2019
Achevé d'imprimer en Italie par L.E.G.O.